エッセー集

風を編む

ようこそ狸君　69
キツネとタヌキ　71

生活

はじめに　編み物と私

築百五十年の長屋門の一角を十六畳のワンフロアにリフォームし、編物教室を開いて三十七年になる。

当初昼間部は、月曜、木曜の週二回、午前一〇時～午後三時半まで。子育てが一段落した主婦の方がお弁当持ちで通ってくれた。

やがて火曜木曜の夜間部を増設。会社帰りの娘さんで一〇席は常に満たされ、結婚を機にウェディングドレスか、お色直しドレスを作って卒業された。私も結婚式に招待を受け、指導者冥利につきた。

夫の両親の介護が始まってからは、週一の木曜日、昼間部のみ午後一時から三時半までにした。だが第一木曜だけは朝一〇時からお弁当持ちで三時半まで。明るく元気で人生経験豊富な生徒さんたちからは、教えられることもいっぱいだ。

編み機との出合い

私が編み機と出合ったのは高校一年の夏休みに入ってすぐのこと。裏に住むおばさんが「編み機を新調したので古い機械をあげるから編みに来ない？」と言ってくれたのだ。おばさんの家の縁側には私の席が設けられ、段ボールいっぱいの毛糸も。「自由に使って良いよ」と言ってくれた。

私は、おばさんが母を姉のように慕って裏の勝手口から入って来るたびに、おばさんが着ている機械編みやかぎ針編みのポンチョや羽織、特にラメ入りのカーディガンをくいいるように見ていた。

翌日からすぐに通うことに決まった。すぐ裏といっても孟宗の竹やぶと畑を抜けた向こうがおばさんの家。編み機の音は、それまでは聞いたことがなかった。一段ごとにジャーという音には、心をわしづかみされた思いで心地良かった。最初は毛糸のパンツからということで、短いのも長いのも、無地や縞やらを編み、高校生としての勉強もあるので、一ヵ月に二枚ほどを完成させ、友達にもプレゼントし、喜ばれたものだ。

進路問題に悩むころも、編み物は気分転換になり、ずいぶん助けられた。

大人になり、まさか編み物の仕事をするとは思っていなかったのだが、一番下の子供が保育園の年少組になったある日、常に私の編んだものを着てくれていた夫の母に「何でもできるのは、できないのと変わらない。〃私にはこれがある〃というものを一本決めなあかん」と言われた。私は本気で資格をとることを決意し、地元の教室へ通う傍ら、月二回の日曜日には日本編物教育連合会のプロ養成講座を受講するため、お弁当持ちで名古屋へ通った。三年かけて、手編みと機械編みの「師範」資格を取ることができた。

たまにオーダーも引き受けていたが、人とかかわることが好きな私は、通っていた地元教室の先生の薦めで姉妹校ということで昭和六〇年から教室がスタートした。全員が違った作品を手掛けるというコンセプトの指導である。

編み物教室

教室で生徒さんの悩みの相談に乗ったりすると、自分の生き方にも責任を感じ、夫の両親との同居も私の信頼につながっているんだな、と義父母にも感謝をした。

夫がタイに駐在中も編み物には助けられた。常夏の国・タイでも、私が毎日サマーニットを着ているので、料理教室や語学学校で知り合った駐在者の奥さんから「教えてコール」が入った。住まいに招き、簡単なショールの編み方などの講習をして、人づきあいの輪が広がったことも貴重な体験だった。今でもその時の友人とはつきあいがある。

憂い

「芸は身を助ける」という言葉を日々実感している。ただ残念なことに、編み物は今まさに氷河期と言われている。海外から安くて洒落たニットの既製品が入ってくるようになり、かぎ針、棒針、編み機を使おうという人が少なくなって、日本国内の生産も止まってしまったということだ。

全国編物学校連盟から出ている教科書によると、元禄時代（江戸中期）ヨーロッパから日本に入ってきた編み物は日本独自のものとして発展し、大正一三年には萩原まさ氏が家庭用手編み機を発明、その後も改良され続け、現在にいたっているそうだ。だが昭和六〇年頃のコンピューター搭載の編み機が出たのをピークに、今日では手作り人口が減ってしまっている。

一目一段に思いが込められる編み物の世界をもっと多くの人に知ってもらい、手編みの文化を絶やさないよう、手作りの楽しさが次世代に伝わると良いなと、日々憂いつつ指先を動かしている。

コロナ禍にありて

あろうことか二〇二〇年春先から新型コロナウィルス感染症が、世界中に拡大。多くのイベントが中止となり、先行きが懸念されるようになった。

私の趣味の合唱も長期の休みに入った。長い間練習に励んできた地域での演奏会も中止となり、志願者で結成された合唱団によるニューヨーク・カーネギーホールでの演奏会も中止。愛知県も感染が拡大し、県をまたいだ旅行すら自粛となっている。

こんな時、編み物は救世主だ。デザインを決め、糸を選び、製図をして編む。時間はかかるし、ステイ・ホームにはうってつけである。特別養護老人施設からは、「外出できなくてストレスが溜まるので、糸と編み図を紹介してほしい」「買い物に出られないので何か編んでほしい」といったお願いコールが入る。教室では密を避けるため、熱を測り、消毒液を置き、マスク着用、ソーシャル・ディスタンスを保ち、お茶タイムは固まらないように各自が自席で。換気にも心がけ、当分行けそうもない旅行や、お料理の話にも変わらず花が咲き、両手をせっせと動かしながら作品は仕上がっていく。こんな状況ではあるが、いつかの次の旅先に似合うニットのデザインを考えるのも至福の時間である。編物に助けられ、コロナうつには程遠い私である。

音楽

musiques

音楽を愛する息子のために
編んだセーター

年の瀬に

右脇腹の肋骨を二本も折ってしまった。今日であの事件から十七日になる。幸い痛みは軽くなり、笑うとき、車でバックするとき、体をひねるとき、「ウッ」と言う程度になった。これが骨折してから四、五日は、息を吐くのも、ベッドで横になるのも「ひーっ」とつい悲鳴をあげていたものだ。

日にち薬というのはありがたい。かかった整形外科で「まあ安静にしてなさいと言っても、この忙しい時期、主婦には無理でしょう」と言われた。やはり私はじっとしていられない。畑の白菜には雪対策として一日も早くハチマキを巻かなければならない。地面にお尻をおろし、白菜を抱え込むようにして五〇個ほどを藁《わら》を結んだスガイで巻いた。編物でも、生徒さんの作品を編み機で途中まで編んでおく約束がしてあった。どれも肋骨にこたえた。

あの日、夫と久しぶりに四〇分程のコースを歩こうと、夜と言うには少し早い、それでも暗くなった六時ごろに家を出た。

　方々の家でクリスマス・イルミネーションが飾られ、目を楽しませてくれていた。早足で二〇分ほど歩いたところで、家を囲むように電飾がつけてあるお宅を見つけ、その家の周りを二周した。庭に人影を見たので家にむかって「ブラボー！すごーい！」と言い、私はウキウキした気持ちで澄んだ夜空を見上げ、他に飾られている家はないかとキョロキョロしながら歩いていた。その道は農道で歩行者は左側を歩くようになっていた。と、突然アスファルトが欠けている所に足をとられた。体がグラッとして、今倒れると下の田へ落ちると思い、咄嗟に道路側へ体を傾け、ドスンと転んだのだった。そのとき、右腕で体をかばった。「ヴキッ」と鈍い嫌な音がした気がした。そして、あろうことか右腕で体をかばったつもりなのに肋骨を折ったのである。

　一週間ほどして、五歳の孫が一緒に風呂に入りたがった。「ここ痛いの？」と私の胸の下をそっとさわり、「ずいぶん、はれてるね」と言った。私は言葉に詰まった。それから夫が驚きである。「おじいちゃん！おばあちゃん、すっごく腫《は》れてたよ。大変だよう」。夫は「ん？」と怪訝《けげん》そうに見てから笑いころげた。きっと「それは転んだせいじゃないよ」と孫に言いたかったのだろう。やがてそのことは息子夫婦や友人にも知れるところとなり、私は赤面の至りで、真剣にボンレスハム状態の腹部を何とかしようと思った。

が、こんな私も湿布薬を貼り、サポーターでがっちり巻いて、さあ明日、一二月二五日、愛知県勤労会館で松尾葉子指揮、名古屋フィルハーモニー交響楽団の演奏で「第九」の合唱に出演する。胸をかばっての本番である。

それにしても、骨折は不便である。これからは、健康のための散歩で健康を損ねないよう気をつけようと肝に銘じた。

難民のこと

リオ五輪たけなわで、日本のメダルラッシュに沸いているが、私には気になることがある。開会式のとき目にした難民五輪選手団がどうなっていくかということである。

今回初めて国際オリンピック委員会（ＩＯＣ）から選ばれた南スーダン、コンゴ共和国シリア、エチオピアの一〇人の〝難民選手団〟の入場行進が目をひいた。昨年来、シリア紛争から逃れ多くの難民が地中海を渡った。航海中に定員を超過した船が転覆し、多くの犠牲者が出ていることは知っていた。

〝難民〟といえば、先日私はいわゆる〝帰宅難民〟となった。その日、八月二日、私は「しらかわホール」でハンガリーから来日したカンテムズ少年少女合唱団のコンサートを聴くため、名古屋の繁華街・栄にいた。スマホに触れていた隣の人が、「名古屋駅が大雨で大変なことになっているようだ」と言い、休憩時間には情報が飛び交い一時騒然とした。まだスマホを持っていなかった私は、コンサートが終わるころには落ち着いているだろう、とたかをくくっていた。午後九時。コンサートが終了すると、皆一目散に会場を後にした。冠水の恐れで各地通行止めになり、名古屋駅で混乱が起きているという。

やっとつながった携帯電話の連絡で友人のご主人のお迎えを待つため、私たちは喫茶店で待つことにした。だが近辺のレストランや喫茶店は九時閉店ということが判明、「しらかわホール」も一〇時には消灯した。

私と友人はコンビニでパンとコーヒーを買い、暗いホールの入り口で、どしゃぶりの雨にぬれた床にたくさんのチラシを敷き、迎えを待った。

稲沢市から名古屋の栄までは通常一時間もかからないのに、渋滞で三時間もかけて来てくれたご主人の車に乗せていただき、帰りは二時間かけてやっと帰宅することができた。

途中、踏切で目にした名鉄電車は、「あっ！」と声が出るほど乗客がひしめいていた。でも、あの人たちにも私たちにも、帰る家がある。自分たちのことを軽々しく〝帰宅難民〟と思ったことが今では恥ずかしい。一時的帰宅困難者となって、本当の難民の人たちのことをもっと考えようと思った。

覚えられない

仲間が集まると必ず出るのが認知症の話。私もたまに言葉が出てこないときがあり、不安を抱いている。

来月六七歳になる私は、女声合唱団に入って三十五年になる。指導者に恵まれ、その合唱団に籍をおきながら、いっぽうではアンサンブル、第九、モーツァルトの「レクイエム」などの混声合唱団でも歌った。中国、ドイツ、オーストリアの海外演奏に参加する機会も得た。歌った曲は五百曲を超えるだろうか。

音楽畑を歩いてきた仲間が多い中で、ピアノを習ったのは小学六年生までだけの私は、音を取るために人一倍練習をしてきた。日本語はもちろん、ラテン語、ドイツ語、マジャール語などの暗譜は団員の中では早い方と言われてきた。ところがこのごろ、簡単なはずの日本語の歌の覚えが悪くなった。

先日の新聞記事によると、認知症の男性が鉄道事故を起こし、遺族が鉄道会社から高額な損害賠償請求を受け、それに関わる本を出版したという。「やはり鉄道会社から請求が来るのか」と驚くと同時に、認知症をきっかけに、思いもしないような大きなトラブルに巻き込まれることもあるのかと不安が大きくなった。

さて、来月私たち合唱団が、名鉄国府宮駅近くの稲沢市民会館で演奏会を開く。第一ステージがチェロとオルガン伴奏でラテン語の宗教曲五曲。第二ステージの千原英喜の作品では宮沢賢治の「雨ニモマケズ」を七分かけて歌う。第三ステージは横山潤子編曲で懐かしのポップスを、振りを付けて歌う。ちょうど私が平均年齢に当たる元ママさんコーラスが、物忘れと闘い、身体を張っての十五曲の演奏会になるはずだ。「覚えられない」なんて言っていられない。ソロあり、振付あり、衣装にも力を注いでいる私は、興味のある方たちにPRする渉外係。好きな合唱を続けることで、健康寿命を一日でものばせたらいいな。

声の話

しばらくご無沙汰している同級生のKちゃん、元気だろうか。天性の美声の持ち主のKちゃんが、音楽に無縁の生活を送り、ハスキーボイスで悩んでいた私が、三十年以上も歌う生活を続けることになろうとは。

子どものころから気管支の弱い私は、風邪というとすぐ咳き込み、声が出なくなった。特に三月、四月はクシャミに始まり、当時はまだ花粉症という言葉はなく、アレルギーと言われ、声がガサガサする時期が長かった。そんなせいで、大人になっても練習に一年近く打ち込んでも本番の日の喉の状態を思うと不安で、常にマスクとのど飴が手離せない。

Kちゃんは故郷で、野球部だった技術屋の同級生と結婚、クリーニング店に嫁いだ。立派な機械も導入されていて、上質の仕事をしているんだなと、二人の笑顔を見ると頷ける。彼女の銀の鈴のような声は、子どものころから私の羨望の的であった。授業中に指名されると美しい声でさらさらと教科書を読んだ。音楽の時間でも高い音を難なく歌ってのけた。

私はというとシから上の音が苦しかった。朗読も息切れしそうで、早く止めて下さいと思いながら読んでいた。

彼女は小学生時代にラジオで朗読をしたと聞いたことがあった。当時は納得しつつも心底うらやましかった。

そんな私が稲沢市へ嫁ぎ、最初にできた友人から「合唱団に入ろうよ」と誘われた。彼女はソプラノ、私はアルトパートになった。

最近、コーラス仲間の先輩の勧めもあり、三人目のボイストレーナーはアルトのソリストのM先生にお願いしている。先生は私の発声の問題点を指摘し、声を出させる。声はイメージと実践の世界。喉から出るのだが、喉は使わず横隔膜を下げ、おへその下に口があると思って出すのが一般的。体形とか顔の骨格で個人差があり、私の場合、喉の上奥の扉を開け、そこに向かって出すよう、でも首回りや肩が固まっていてはいけない。編物と草取りで凝り固まった肩をグルグルほぐし、柔らかくしてから発声を試みると、何と上のソまで楽に出るようになった。

そういえばKちゃんはすでに子どものころから声に芯があった。お腹が使え、マスケラと言われる目と目の間から声が出ていたのだろう。

あの明るい包み込むような声と笑顔の内助の功でクリーニング店を大きくしたのだろう。

昨年、大腸ガンを克服した彼女は、後日に訪れたとき「私、病院ではポジティブな患者の模範生だったんやよ」と例の美しい声で明るく笑った。

声は心身の健康のバロメーター。Kちゃんのあの美しい声とまた語り合えますように。

ドイツ演奏旅行

五月の連休は「音楽の父」と言われたバッハの生誕地、旧東ドイツのアイゼンナッハ市にいた。

私は学生時代から特に声楽をやっていたわけでもコーラスが好きだったわけでもないが、三人目の子どもが保育園に入ったころ、友人に誘われて、今に至っている。同じ歳の友人とはよく似た環境、家付きカー付き爺婆、大婆付きの古い家に嫁いできたので、コーラスの大会出場のときだけが少し大きな顔で、福井だ伊勢だとグループ演奏旅行ができた。

昨年一〇月に合唱団の数人から声がかかった。「一部の人でアンサンブルを作っているので入って」という誘いだった。いったんは断ったのだが、一ヶ月後、アルトが一人なのでどうしてももう一人ほしいと再びのお誘い。それに、実はドイツ演奏を七ヶ月後に控え、誘える人がそうはいないのだと言う。夫の両親の介護も一応卒業し、経済的にも許されるように見えたのか、私に「お願いコール」がかかったのだ。

自信がなくて一度は断ったものの、頼まれると断れない性格、そして秘かに「いつかドイツへ演奏旅行に」と夢見ていた私は、「チャンスかな」と決心した。指揮者はメンバーのご主人、通訳・ナビゲーターは今回の話を持ってきたもう一人のメンバーのご主人。彼のドイツの友人の父君が合唱団に入っており、その四〇周年記念イベントのゲストとして招かれているのだという。翌月から六ヶ月間、唱歌、民謡、宗教曲、ドイツ語の三曲と計十五曲の練習が私の生活に加わった。まさに根性と体力勝負だった。

ドイツといえば「三大B」と言われるバッハ、ベートーベン、ブラームスが誕生した国。しかし一九六一〜一九八九年までは東西に分かれた分断国家で、東ベルリンは総延長一六五キロものベルリンの壁に囲われ、暗いイメージがあった。食べ物も質素で、味付けは塩辛く、きっと不味いソーセージばかりなのだろうと、音楽以外の期待はあまり持たずに私は臨んだのだった。

ところがドイツへ行ってビックリ、団員さんは明るい年配の紳士淑女で、私たちもミスすることなく、ササラとこきりこを鳴らして歌う「こきりこ」などの演奏を終え、四百人ほどの会場の人たちから割れんばかりの拍手を受けた。

滞在中の新緑の五日間は毎日が快晴。ライラック、マロニエの花が満開。黄や緑の絨毯を敷いたような広大な大地や美しい家々の光景には、ただただ感動を覚えたのだった。今が旬のスパーゲルというホワイトアスパラは食感も味も絶品で、種類の豊富なソーセージやチーズも、黒ビールやシュナップスというお酒ととてもよく合った。

　メンバーの友人のウーベさんの計らいで、宗教改革者マルティン・ルターが学んだエアフルト市の大聖堂でも「アベマリア」や「さくら」を歌わせてもらった。八人のアンサンブルだが、教会での歌声は堂内に響きわたり、驚きの体験をした。コーラスを続けてきて良かった、今回の誘いを受けて本当に良かったと思えるドイツ演奏旅行だった。

旅のツケ

このところ、自家製の大根、人参、ネギなどを活用した節約メニューが続いている。

つい先日の一月二〇日、私たちは、新年に世界各国に中継されることでおなじみのウィーン・フィル「ニューイヤー・コンサート」の会場である楽友協会「黄金のホール」でのコンサートに出演してきた。

話が持ち上がったのは一年前。我が合唱団の先生は六団体の女声コーラスを指導をされている。その中の、毎年金賞を受賞している若手合唱団にウィーン行きの白羽の矢が立ったのだ。しかし受験生をかかえる年代の人が多く、この時期に家を空けるなど難しく、参加人数不足で他の団体へもオーディションを条件に声がかかったのである。

我が夫は、妻が夫を差し置いての外遊など、すぐにはOKを出してくれない人。「オーディションで落ちるから」と安心させ、ドイツ語数曲、民謡、子守唄など地道な努力だけは怠らず、全体練習の際は名古屋まで通った。夫には内緒で、ときどきプロの個人レッスンも受けた。

七月、オーディションはピアノの伴奏で一人で歌う。私はアルトだ。主旋律を聞きながら「ウ～」と言ったり、ハミングしたり、メロディーとはかけはなれた音を出す。ソプラノが一緒に歌ってくれるならいざ知らず、脱線しないよう最後まで必死で歌った。

そして「合格！」。夫には実力と言ったが、合格の条件は音楽性以上に、これだけの曲を暗譜する根性、体力、協調性だったのだと思う。

みんなで作成した和のおもむきのステージ衣装は丹頂鶴のイメージカラー。一一月には電気文化会館で「ウィーンお披露目コンサート」も公演した。会場にきてくれた夫が、帰宅後「それで？　私を置き去りにして行くんかね？」と言った。「どうしょう、やめようか？　私が抜けると、振り付け変わるしねぇ」と言うと、パソコンで楽友協会のステージをアップに映し、「ここが立ち位置だな。斜めになってるで、落ちんようにな」と雛壇の一番前の端っこに矢印を合わせた。内心「やった！」と叫んでいた。

「バッグはコートの内側にかけ、お金は二ヶ所以上に分け、酒を飲み過ぎない」と下戸の夫。いつも旅は夫と一緒だったが、私は十分に旅慣れているつもりで、鼻で返事をした。

コンサート成功後のレセプション、打ち上げ、と連日ワインのメーターは上がった。

すると三五〇キロの雪道をバスで六時間かけ、プラハへ向かう途中から気分が悪くなった。そのプラハでのこと。食欲のない気分で夕食に向かう路上、仲間のTさんが私をつついた気がした。振り返るとTさんは遥か後ろの方だった。すぐに目にしたコートの外側にかけたバッグのファスナーが開き、巳年の縁起をかついだウミヘビの財布がない。中には五〇〇ユーロと数ドル入っていた。パスポートとクレジットカードは無事だったが、その瞬間から私は文無しになった。

というわけで、帰国後は、食費を切り詰め、我が家の自家製の野菜の美味しさに助けられている。「あなた、本当にごめんなさい」。

還暦コンサート

二〇一一年、還暦を迎えた私は、節目のイベントを「第九」の演奏会で締めくくった。単独参加だったが、合唱仲間が二〇人も、三五〇〇円のチケットを買って夜の演奏会に来てくれた。

一二月一二日は一八〇〇席の芸術劇場コンサートホール。月曜日だったが、一二五〇人のお客さんが入り、演奏は東日本大震災をはじめとし、この年に世界で失われた尊い命の追悼演奏として、アンドルー・ロイド・ウェバーの「ピエ・イエズ」で始まり、高田三郎の「水のいのち」ベートーベンの「第九」を一〇六人が全て暗譜で力強く心をこめて歌った。

思いおこせばその年の春。愛知県芸術劇場コンサートホールへ岡崎混声合唱団&岡崎高校コーラス部の定期演奏会を聴きに行ったときのこと、N先生にばったり出会った。そこで一二月に彼女のご主人が還暦コンサートをやるので参加しないかと誘われたのだった。

八月のお盆過ぎから毎週日曜、刈谷や大府、名古屋と練習会場は毎回かわりながら、一〇時から四時まで練習するというものだった。一緒にいた同い歳の友人は「そんなエネルギーない、無理無理」と即座に断った。私はというと、今年は「母も越せなかった還暦年」と称し、イベントには気持ちの上で母を背負って参加しよう、と思っていた矢先だった。今日のこのホールで歌えたらどんなに素晴らしいかと思い「参加させてもらいます」と返事をしたのだった。

練習会場が遠くて長時間の練習の上に、私は単独参加なので不安だらけだったが、あるときから一人の気楽さを覚えた。グループでの参加者は私語が多く、指揮者が叱咤するも私には相手がいないから指導に集中できる。それに指揮者は三十年前、私の今の合唱団の指導者だった。今では名古屋を代表する音楽家になられている。その姿を見ているだけでも満足だ。また私に声をかけて下さった副指揮者のN先生のアシスタントぶりも素晴らしい。彼女はかつて我が合唱団のピアニストでもあり、それは感動と至福の練習時間だった。毎週火曜日の我が合唱団の練習時には、この日曜の様子や先生ご夫妻の素晴らしさを仲間に報告した。

高田三郎作曲、高野喜久雄作詞の「水のいのち」は、水の一生を通して私たち人間の姿を歌っている。ベートーベン作曲、シラー作詞の「第九」の第四楽章は、すべての人々が兄弟となる。「星の彼方に我等が愛し、お慕いすべき主なる父は、必ず住みたもう」と、まさにこの時期にふさわしい選曲で、背中からも母の歌声が聞こえていた。「ブラボー」と叫び、スタンディング・オベーションをしてくれた仲間や駆けつけてくれた息子と夫。なにより今回の参加のために、不在がちの私に理解と協力をしてくれた夫に心から感謝した。

思えばコーラスが、子育て、介護、夫婦間の問題も救ってくれた気がしてならない。人の縁はちょっとした出会いから始まり、その先に今の私がある。出場六回目の第九は、今までで一番「生きていることへの感謝」を再確認させてくれた演奏会だった。

旅

voyage

世界一周を夢見て編んだセーター

タイの桜

一九九五年五月から夫は仕事でタイに駐在した。夫婦帯同ということであったが、老いた夫の両親、三人の子どもたちの進学、就職と変動の時期でもあったので、私が二重生活をすることで、夫は単身と決まり、まずは一ヶ月同行した。訪れたバンコクには真っ赤な火炎樹の花、ブーゲンビリア、プルメリアが咲き乱れ、バブル経済の崩壊前ということもあり、どこもかしこもビルの建設ラッシュで活気づいていた。

一ヶ月後、私はひとまず帰国したものの、二ヶ月後にはタイへ戻り、月曜から金曜まで午前中はタイ語学校へ、午後はカービング教室、タイ料理教室へと通った。そして、そこでできた友人たちとタイの探索と食べ歩きを楽しんだ。仕事中心の夫に昼間の様子を話し、休日は二人でそこへ出かけ、タイ生活に少しでも慣れようとした。それでも言葉の壁は大きく、異国の生活は慣れるのに時間がかかった。

再び日本へ帰るころになると私は夫の心身の健康が心配で、後ろ髪を引かれる思いでの帰国であった。

駐在三年目になろうとしていた二月のある夜、夫からはずんだ声で国際電話が入った。

「桜がいっぱい咲いているよ」

タイに桜？　私はストレスで夫の頭がおかしくなったのではないかと心配になった。つい先日、バンコクの高層ビルの上から飛び降りた人がいたとのニュースを耳にしたばかりであった。

「えーっ！」と私が言うと、よほど疑い深い声だったのか、

「いやいや、桜のように見える花なんだよ。昼間この一九階から下を見ると春霞のようなの。まるで桜なんだ。桜ではないだろうけど。写真に撮っておくから」

三年半たって夫が本帰国した後もときどきタイへ出かけているが、時期をはずしていたのか、タイの桜のことはすっかり忘れていた。

今年になって週に二日の出社で良くなった夫が、急に「タイのオリエンタルホテルに泊まって、のんびりしてみたい」と言い出した。今では夫と二人暮らしだ。気が変わらないうちにと、二月上旬にタイへ飛んだ。

本帰国後に開通したBTSというスカイトレインに乗って懐かしい場所を目指しているときだった。夫が「おーっ！桜が満開だ」と言った。窓の外を見てビックリ！　眼下に広

がるのは、大きく枝を広げたまさに桜。気ままな二人旅である。次の駅で降り、桜の下に走った。

そこにはソメイヨシノとは似ても似つかぬ花があった。一つ一つは、どちらかといえば朝顔とランが一緒になったような、いかにも南国の花といった感じだ。タイ名はチョンプーパンテップ。チョンプーはタイ語でピンクの意味。昔、王族のパンテップさんがタイ国へ持ち込み、この名がついたとか。「駐在者は〝タイ桜〟と呼んで、結構この花に癒されているんだよ」と、タイ生活ですっかり花にも詳しくなった夫が誇らしげな顔をして言った。思いがけない桜との出会いだった。私は思わず、タイの桜と夫に最敬礼したのだった。

篤姫様に捧げます

日曜日、夜八時からのNHK大河ドラマ『篤姫』が楽しみだ。篤姫役の宮﨑あおいちゃんの演技も素晴しいので、さぞかしあの世の天璋院様もご満悦ではないだろうか。

近年、女性の地位も向上し、主義、主張も取り上げられるようになった。昔のことを思うと女性は生きやすくなった。だが筋の通った気骨ある女性はまだまだ少ないと思う。

歴史を支える人物の陰には必ずと言っていいほど、肝の据わった女性がいて、坂本龍馬にお龍、小松帯刀《たてわき》にはお近、といった具合で男性を立てつつ、意見をするなど小気味良い。

つい数十年前までは、女性は親同士が決めた結婚で仕方なく嫁ぐ、という時代であった。明治生まれの私の父方の祖母は、家での結婚式の間じゅう下を向いていて、どの人が夫かわからなかったという。仰天である。里帰りもそう気軽ではなく、盆と正月くらいだったということだ。

さて一一月九日から一週間、夫と九州一周の旅をした。名古屋から博多まで新幹線で行き、そこからはJRを乗り継ぎ、二日目には篤姫ゆかりの地、指宿、鹿児島をレンタカーでめぐった。車、電車、飛行機、電話もない時代がつい一五〇年前とは。篤姫は薩摩から江戸まで、途中京都に寄ったとはいえ二ヶ月かかったという。

それにしても篤姫は、里へは一度も帰れず好きなこともできず、丈夫な体だったというものの病気のときの不安はいかばかりだったことか。鹿児島中央に立つ西郷さん、帯刀さんの銅像に「ご苦労様でしたね。でも〝事実は小説より奇なり〟なんでしょうね」と問いかけてみた。

城山に登ると篤姫が常に向き合っていた桜島が目の前に、でんと構えていた。噴煙か雲かが白く頭上に漂い、「貴方様が篤姫のエネルギー源だったんですね」とたずねた。しばらくすると背景の空の色、山肌の色が動画のように変わり、西に夕日が沈む直前は、東の桜島に反射して、まるで桜島が大奥の女性の内掛けの色のように様を変えた。篤姫の人格は、こういう桜島を見ながら育まれたのかと改めて納得した思いだった。

篤姫は、女性の底力を世に示した功労者である。ところが鹿児島へ来て、真の功労者は根性を与えた桜島かな?と思えた。今、私に降りかかる出来事などは全く小さなことに過ぎないとさえ思えた。

大河ドラマ『篤姫』は、いよいよクライマックスを迎える。ドラマの中の幼少からの養育係、菊本の「女の道は一本道でございます」は、私の好きな言葉の一つになった。篤姫様と桜島に「功労賞」。旅を計画してくれた夫に「感謝状」。そして自分には「一本道をまっとうしま賞」という「賞」を送りたいなどと思いながら、薩摩を後にして、雲仙に向かった。ドラマの終盤が、ますます楽しみになってきた。

あわや踏み切りで

名鉄国府宮駅発の、青色のミュースカイは快調にいくつもの駅を通過し、セントレアへと私たちを運んでくれた。全く定刻通りに。この日、私は我が編物工房の有志四人とタイ旅行に順調に出発できたのだった。

つい先月の一一月二二日、エッセー教室に向かうときのこと。その日は雨脚が強く、夫に「スンマセン、駅までお願い」と車で送ってもらった。その日の出来事を思うと「順調」の二文字を「感謝」と読みたくなる。

踏切の手前を右に折れるとすぐ駅だ。右折するや否や、後方でゴトンと大きな音がした。車を止め、踏み切りを見ると、後ろの方で車が脱輪し立往生しているではないか。早く車を発進しないと電車に乗り遅れる、と思ったとき、夫が「大変だ、ここは助けないかんでしょう」と言った。ことの重大さに気づいた私は、雨の中、踏切へ走り、非常ボタンを押した。それでもまだ軽い気持ちだった。バックすれば出られるだろうと思ったのだ。だが現状を見て心臓がバクバクしだした。後続の二台の車の人と四人で車を持ち上げたが歯が立たない。八〇歳前後と思しきドライバーは乗ったまま青ざめ、ハンドルも夫の指示通りに切れない。奥さんはと見ると、車の外に出て両手をポケットにつっこみ立ったままだ。

五分もしないうちに警報機がカンカン鳴りだした。私は非常ベルを再度押し続ける。名古屋方面から特急の青いミュースカイが見えた。「止まってぇ！」私は線路上で大きく両手を振った。「みんな車から離れて！」。夫は大声で言うと、運転席の男性を引きずり出すように外へ促し、遮断機を手でこじあけ、向こう側へ出た。私もこちら側へ。電車は駅を通過しどんどん迫ってくる。押したボタンは効いているのか。「わぁ！　止まらないんだ」と叫んだとき、踏切まで五〜六メートルのところで「キーッ」と止まった。もう心臓は、ドキドキを通り越し、口から飛び出しそうだった
さてそれからは、乗務員も加わり、居合わせた皆の力で車を何とか出すことができた。

運転者は駅員に事情を聞かれていたが、私は手助けした人たちと無言で別れ、夫に駅まで送られ、電車を待つためホームに立った。ダイヤは乱れ、後続の電車が両側の線路で止まり、警報機は鳴りっ放しだ。

「気持ち落ち着いた？　時間大丈夫か？」と携帯の夫の声で、髪もコートもびしょ濡れなのに気がついた。「大丈夫じゃない。電車が動かない」と答えた私は、三年ほど前の死

亡事故を思い出した。ここからたった一区北の踏切だった。無理に踏切に入ったのか、スリランカ人の運転する車に高速列車が衝突し、夜を徹しての復旧作業は多くの足に支障をきたしたのだった

予定通りにタイの旅を楽しみ、予定通りに我が家に帰れるのは、実は当たり前そうで当たり前ではないということを、帰国後改めて痛感した。そしてもちろん危険は一秒でも早く察知し、一刻も早く知らせなければならないことも。

ハマる

「ヨンさま」を皮切りに韓流ドラマブームが巻き起こり久しい。イ・ビョンフン監督の宮廷ドラマも爆発的ヒットで韓国ツアーも、ドラマがらみで人気である。私の編物教室でも常に韓ドラの話が出る。六〇巻、八〇巻のＤＶＤの貸し借りは常で、「夫婦で一日に何時間も見てしまい、仕事にならないです」と嘆く人もいる。「韓流」と書き「ハンリュウ」と読むことも、このとき覚えた。

夫も以前は、韓国へ出張でよく行っていたので、旅好きの私たちだが、韓国旅行は計画したことがなかった。ペ・ヨンジュン主演の『大王四神記』は、ドラマとしては良かったが「ヨンさま～」という気分にはなれず、騒ぐ人の気持ちが理解できないでいた。友人も「韓国いいよ～」と韓国海苔だ、化粧パックだと買ってきてくれたが、それまでだった。

あろうことか、こんな私がハマってしまった。というのもこの冬、私はインフルエンザにかかり、一人、自室で静養した。熱も下がるとさすがに退屈で、テレビをつけると「華麗なる遺産」を放送していた。ドラマの中に何度もソルロンタン、サムゲタンのスープが美味しそうに出てくる。それ以上にドラマも面白く、毎日の二時間が楽しみで、録画して夫にも見せた。インフルエンザが治ると、私たち夫婦は教室の人に薦められ、六十四話もある「ホ・ジュン」を毎晩三時間も中毒のように見て、朝寝坊や寝不足、生活の諸々に響いた。

どちらが言い出したのか「韓国へ行ってソルロンタンとサムゲタンをすすって、アル中ならぬテレ中に決着をつけよう」。早速四月末の韓国ツアーを申し込んだ。

まさに目からうろこ。ソウルの市内は、これでもかと高層ビルが林立し、朝鮮王朝ゆかりの数々の世界遺産、とうとうと流れる巨大な川、漢江のクルージングも感動だった。

思えば戦時中に、従軍慰安婦など、日本が韓国にしてきたことに心が痛んでいた。ところが、人々や町並みが、世界に、特に日本に向け「どうじゃ〜」と声を上げているように思える発展ぶりだった。

敏感肌なので、私にはありえないと思っていたアカすりとキュウリパックにも満足した。町には、美肌女子、イケメン男子があふれ、一回では知り尽くせない韓国。夫も私も見事にハマってしまった。

微笑みの国を取り戻して

二〇一三年一一月からインラック首相の退陣と、兄のタクシン元首相の影響力排除を求める、ステーブ元副首相の反政府派のデモが続いてきた。タイのバンコクの話である。昨年中には終結すると言われていた。だが反政府派が選挙をさせないまま、年が変わり、四月になろうとしているのに、未だ政情は空白状態。バンコクの知人の話によると、それでも一般市民はお祭り気分で、デモの人たちを相手に屋台が繁盛し、危機感はないという。

二十年近く前になるが、夫がタイに駐在していた。私もときどきはそちらで生活をしていたことから、「微笑みの国」と言われるタイには、未だに魅かれるものがある。

昨年の一二月も、タイが初めてという友達と義妹の四人でタイ旅行に出かけた。私にとって二十一回めのタイ行きで、最近では里帰り気分でもある。四人という数はタクシーで市内を動くとき良い人数だ。くしくも毎日、デモの様子がニュースで報じられていた。しかしバンコクに住む友人から「ニュースは大袈裟だから大丈夫、安心して来て」とメールもあったので周りの心配をよそに出発したのだった。

私は友人を通し、現地ツアーを申し込み、一日目はアユタヤへ船旅。二日目はミャンマー国境近くのカンチャナブリへ、クワイ川鉄橋を渡る汽車旅。四日目はタクシーで王宮、寺院巡り。夜はタイ料理、マッサージという予定を組んだ。ところが「予定は未定」という言葉もあるように、四日目に友人二人が食あたりで動けなくなってしまった。しかもその日はデモの終結日と報道され、騒ぎがピーク状態になった。こうなると軍や警察も数を増し王宮政府筋の建物付近へは近づけなくなる。

私はバンコクの友人に食あたりの特効薬を電話で頼み、元気な義妹と薬を取りに行った。道中、デモ隊に赤、青、白の横縞のタイの国旗を持たされ、それを同志のように笑顔で振りながら、二人で長い列の波を泳ぐようにくぐり抜けて行った。

そんなこんなで計画変更。オリエンタルホテルの専用船で訪れる世界一豪華でサービスが良いランチバイキングの予定が消えた。王宮と迎賓館、数々の寺院をタクシーでスイスイ巡るはずだった。私がガイドを務め、シルクの店、顔なじみの店へ案内する計画も消え、無事を喜ぶべきだが不完全燃焼の旅に終わってしまった。

食あたりの一人は、帰国翌日が卓球の試合、もう一人はお琴の発表会。特効薬のお蔭と気力でか、二人は帰ったころには回復し、私は胸をなで下ろした。私はというと翌日から疲れがドッと出て、二日間寝込み、二キロの体重減となった。幸いなことに義妹だけは元気で、皆を気づかっていた。

現在、いまだ政治空白が続いていることに胸が痛む。カラフルな数々の寺院。芸術的な王宮の美しさ。タイ料理。郊外へ出ると懐かしい〈古き日本の風景〉に出会える。そんなタイを愛してやまない私の願いは、安心して友人を案内できる穏やかなニュースを早く聞くことだ。

計画

一日の終わりに毎日決まってすることは、今日の反省と明日の予定表を作ることだ。

ときどき夢でうなされ、目覚めることがある。六〇歳を過ぎても、未だに学生時代の試験の夢を見る。今日が試験日なのに試験勉強ができてなかったり、範囲がわからなかったり。目が覚めて落ち込み、しばらくして夢かと気付いた後は、心底ホッとする。

学生時代、こんな私も試験の発表があるとすぐに、出題範囲を試験までに三回は見直せるよう計画を立てた。案外計画を立てるのが好きだったのかも知れない。我ながら「完璧に近い」と思えたものだ。ところが、何の誘惑に負けたのか、いつも三回が二回になり二回が一回見直せれば良いという繰り返しで、現実には計画倒れだった。

先日、福井県の敦賀市へ出かけた。高速増殖炉「もんじゅ」見学の機会を得たのだ。

東日本大震災から、原発への関心が高まったというものの、「もんじゅ」に対しての知識は乏しかった。「もんじゅ」を運転するのは「日本原子力研究開発機構」と言って原子力の新しい技術開発を行う国立の研究機関である。この機関は「もんじゅ」を使って原発から出た使用済核燃料を再利用する研究を行ってきた。エネルギー資源には限りがあり、いつか枯渇する可能性があるため、捨てるウランのまだ燃える部分をプルトニウムに転換し、長期にわたって使えるエネルギーとする研究を行ってきたのである。しかし未だ実現していないどころか、大小様々な事故や不具合が起きている。

原子力研究開発機構では、勉学に励んできた優秀な職員が「もんじゅ」の必要性を訴え、理解を求めて熱弁をふるった。今、日本中には原発が五〇基以上あるが、そのほとんどが停止している。しかし、不安は自然災害だけではない。私の見学のときもテロ防止のチェックを受けた。身分証を見せるだけでなく、出入りする車の下腹に大きな鏡を入れて調べられた。だが、まだまだ手ぬるいとしか思えなかった。原発反対の元総理、小泉さんと細川さんの顔が思い浮かんだが、ほくそ笑む安部首相の顔にかき消された。テロも怖い、北朝鮮も怖い。隕石だっていつ宇宙から飛んでくるかわからない。しかも研究のためといえど、莫大な金額の税金を使いながら計画も危うい。原発は不必要と再確認した「もんじゅ」行きとなった。

平成二六年一一月、衆議院が煙にまかれた状態で解散した。選挙には数百億円の税金が使われるようだ。解散式の万歳三唱の意味も全くわからない。年の瀬、投票率が心配だ。

原発のこと、もんじゅのこと、政治、税金のことなどなど、国民に迷惑を押し付けることなく、庶民が納得する計画案を堂々と公表してほしい。

さて私の明日の計画。寒かったら一枚余分に羽おり、節電、節約のための対策を踏まえた予定表を作っている。

そして二〇一八年、「もんじゅ」の廃炉が決まった。

からっぽ

「からっぽ」「なんにもない」。最近、心にチクリとささる言葉である。

二十年ほど前、タイのバンコクの伊勢丹でのこと。ショッピングカートにバッグを乗せ珍しい野菜、果物に見惚れていたときだった。カートに乗せたバッグが消えた。血の気が引く思いだった。ほとぼりの覚めた今から二年前、今度はプラハでスリにあい、文無しの憂き目をみた。再び用心を心掛けるようにしている。

今年に入り、一月半ば、お伊勢参りの予定で初日は鳥羽に一泊した。阪急交通社のチラシ、「温泉大浴場、全室オーシャンビュー、平日に限り夕食に伊勢エビが二・五匹ついて一泊九八〇〇円」の、キャッチフレーズに心引かれて車で出かけたのだった。

建物も大きく、目の前のビーチも快適そう。夏に孫たちを連れて来ると喜ぶだろうなと話しながら夫とチェックインをした。

手続き中、フロントの男性スタッフは不愛想だった。旅好きの私には初めてのことだ。

ロビーでは中国語が飛び交っていた。八階の部屋に案内され、係の女性の対応に「中国の人ね。日本語上手ね」と、先ほどの不快はいつしか彼女の笑顔で消えていたのだった。

一息つき、温泉に入ることにした。部屋の鍵は一つだ。夫が持つと言ったが、いつも約束時間より早く出る私が、今回も持つことにした。この選択が災いを最小限にしようとは。

約束の時間に男性風呂の脇で夫を待っていると、私を呼ぶ彼の悲痛な声がした。だが中へは入れない。大きな声で「どうしたの」と聞くと「籠が空っぽなんだぁ」と言う。そして、一〇人ほどいる客の内、四人の脱衣籠が空っぽということをバスタオル姿で知らせてきた。すぐにフロントへ走って伝えると、一〇分近くもたってからホテルマンが浴衣とパンツを持って脱衣所に入って行った。あとからお詫びや説明があるものと待ったが、何も言ってはこなかった。不信感から不安になり、二人とも楽しみにしていた夜と朝の入浴はやめた。

チェックアウトは、昨日と同じ不愛想なフロントマンだった。昨日の風呂での事件は何だったのか。今まで経験したことがない。ここではこんなことがあるのか、などと聞くと、「たまにあります。お客さんの自己責任の問題ですよ」と言い、詫びの言葉もない。見送りのスタッフもいなかった。

二度と来るものかと思い、伊勢神宮へと向かった。

伊勢の友人に話すと「三重県の恥だわ。旅行社か観光協会へ連絡してみたら」と強く言われたので、まず旅行社へ連絡した。翌々日にホテルからエアメールのような薄い便箋一枚だけが入った手紙が来た。「大浴場での衣服取り違えの件では、ご迷惑をおかけしました」とあった。取り違えではなく盗難でしょう、と呆れが怒りに変わった。伊勢の友人は、今度はもっときつく、「新聞に投書する」くらいの調子で観光協会に言ったら、という。

からっぽ……、癒しのはずの温泉だったのにトホホであった。

一年を振り返る

年末になると我が家では「我が家の今年の十大ニュース」をまとめ、ファイルに納めて二十年になる。良くも悪くも、いつも十大ニュースを書き終えた後はため息をつきながら「来年は大変なことが少ないといいね」が合言葉になっていた。幸いにも平成二七年はつらい別れもなく、旅の数と旅先での発見が十大ニュースとなった。

結婚記念日を特に大切にする私と夫は、今年の記念日の一二月七日、二泊三日でセントレアから鹿児島まで飛行機、鹿児島港から「ロケット」という時速八〇キロのジェットフォイルで二時間の屋久島に渡った。

屋久島は島の中央に一五〇〇メートル以上の高峰が連なり、「洋上のアルプス」とも呼ばれるだけあり、植物の生育から言うならば、北は北海道から南は九州までの樹木がこの地に生息している。世界自然遺産は島の中央三分の一を言う。縄文杉へは片道一〇時間の道のりと聞いていたので、私たちは簡単な紀元杉のコースを選んだのだった。世界遺産入り口辺りのヤクスギランドは樹木、倒木、道までも緑の苔に覆われ、宮崎駿の「もののけ姫」のイメージの源となったという幽玄の世界であり、千尋と書いてセンピロと読む千尋の滝では「千と千尋の神隠し」の名前の由来がここからと知った。

南部は亜熱帯で背丈以上のポインセチアが今が盛りと真っ赤に生え揃っていた。一見のどかだが、たたずまいが、いかに台風到来が多いかを物語っていた。作家、林芙美子の『浮雲』に、屋久島は一ヶ月三十五日雨が降るとあり、当然のように雨具を準備していたが、幸い三日間は快晴で、ガイドさん、バスのドライバーさんが「こんな日はめったにない」と余分なコースも入れてくれたのだった。

ところがビックリ。暖か過ぎる一二月と思ってはいたが、九州地方から台風を思わせる嵐がやってきて、家に帰ったその夜から方々で被害が出たことをニュースで知った。

そしてその年の夏にもあった。孫を連れて日光東照宮などを訪れるため、宇都宮駅で新幹線を降りてレンタカーでの旅をした。何度も渡った鬼怒川が、その後決壊しようとは。

またATP男子テニスの中継の仕事をしていた息子がフランスから帰国直後に、パリでテロが勃発し、肝を冷やしたのはついこの間のこと。免れた私たちは被害に遭われた方の冥福を祈るばかりである。

しみじみ思うに、私たちが生きる世界とは災難と背中合わせの毎日であり、かろうじてすり抜けて今があるだけなのだ。

旅先から無事帰れたのも、たまたまの運。行事、野菜の収穫など、無事終えるごとにありがたいことばかりで、あたりまえのことは何もない。今年の十大ニュースには、歳を重ねて得た今の思い、感謝の言葉も書き添えよう。

プチ旅行当たる

二月に入り、私宛に一枚のはがきが届いた。「ご当選おめでとうございます」と書いてある。会員になっている書店のアンケートに答えたら越前へのバスの旅が当たったのだ。健康毛皮工場、日本海さかな街、和紙の里、最近テレビでお目見えのネコ寺と呼ばれる御《ご》誕生寺《たんじょうじ》へも連れて行くと書いてある。

問題は毛皮工場。友人たちに話をすると、一同声を揃え「やめておいた方が良い。買わされるハメになるのがオチ」と言われた。

私には苦い思い出がある。日ごろ利用しているスーパーのくじで日帰り旅行が当たり、神戸へ行ったときのこと。当時は長年介護をしてきた姑を送り出した後で気が抜けていた。神戸には行ったことがなく、気分転換と新たな出会いを期待して一人で参加したのだった。

参加者のほとんどが二人組か三人組。バスでの私の隣は、一人で参加の同世代らしき小柄で小太りの女性だった。話のきっかけ作りのつもりで、キャンディを「どうぞ」と差し出すと「飴は食べないの」という返事が返ってきた。バスは名神高速道路を西へ西へと走っていた。「クッキーは?」と聞くと「甘いものは食べないの」と前を向いたままで言う。午前一〇時ごろ、サービスエリアでコーヒーを二つ買った。一つを差し出すと「コーヒーは飲まないの。飲んだり食べたりしたい人やねえ」と言われ、完全にへこんだ。

最初に宝石工場へ連れて行かれた。第一の会場は百万円以上のものばかりで、ローンを組んでの買い物を店員がマンツーマンで付いて薦める。脳がマヒしてきたのか、第二、第三の会場での一〇万円代が値打ちに感じられてきた。うっとうしさと興味半々で、一つ買おうかと思ったときだった。バスで隣の席の彼女がぶつかるように近づいて来て、「さっさと出口へ行くのよ。私はエメもアメも持ってるからいらないの」と店員にきつく言うと、私の背を出口へと押すようにした。このとき、へーっ、エメラルドはエメ、アメジストはアメと言うのかと感心した。私はどちらも持っていなかった。

昼食の席も一人空いている席に着くと、「ほら、私の席の隣りを取ったから」と怒ったような顔と声で私を呼んだ。帰りの彼女は眠っているのか目を閉じ、話もしない。声をかけて良いものかわからず、私も寝ていると終点に着き、「お疲れ様」とだけ言って別れた。悪い人ではなさそうなのに最後までギクシャクした。私に何か問題があったのだろうか?以来私は一人旅には行こうとも思わない。

結局今回の北陸の旅は、「買わされそうなときのブレーキになって」と一人分の旅費一万円を払い、夫に同行してもらった。本当は隣りになる人が心配だったのだ。毛皮工場では担当者のなまりが懐かしく意気投合したが、買う意志がないことをはっきり言うと、出口と休憩所を教えてくれた。

北陸道を北へ北へと若狭まで走り、海の幸を堪能し、夫婦で童心に還って越前和紙の紙すきを体験。きれいなネコたちのいるネコ寺では座禅を組み、今回はまさに「当たりだな」と思える旅だった。

慶《け》良《ら》間《ま》へ

年に何回か旅をする私と夫は、つい先日もケラマブルーとホエールウォッチングに憧れていたので、三泊四日で慶良間諸島へと出かけた。高速船に乗り、島歩きも多く、若者や中高年の女性同士の客が目立つ三七名のツアーだった。

船上から見ても、島の山頂から見下ろしても、ビーチに立って眺めても、サンゴ礁のケラマブルーはハワイよりも沖縄よりも色濃いヒスイ色に思えた。残念なことに女性同士の度を越した騒ぎ方には眉をひそめた。景色の美しさに奇声をあげ、バスの中の騒がしさは想像を絶した。最初はたまの家事からの解放だからと微笑ましく見ていたのだが、先月も出かけたばかりという六〇歳前後の仲間同士のテンションは上がりっ放し。夫が「迷惑でしょう?」と目で話してきた。私も「うるさい!」と目で答えた。

そういえば、私が所属する合唱団でも遠征の途中、電車の中で仲間との上がったテンションに気づかず、「やかましい!いい加減にしろ」と一喝して降りて行った男性客を思い出した。以来、目的地まで仲間同士がかたまらないよう心掛けている。

今回のホエールウォッチングは、那覇港から沖へ六〇㎞の温暖な慶良間諸島の島、座間味近海に毎年一月から三月末ごろまで、北半球を回遊しているザトウクジラが、繁殖活動に帰ってきたのを見るツアーである。

座間味の海にはエサはないが、水温と美しさがクジラの繁殖活動に都合良く、四月以降にはエサであるオキアミの豊富なロシア近郊の海へと帰って行くそうだ。一九九一年からクジラへの配慮のルールもでき、彼らに優しいツアーとされ、観光では海中マイクでクジラの声を聞かせたりと、その三ヶ月間は時速四五㎞のボートでクジラを追う。

船酔い客も出たが、私と夫は酔い止め薬の効果で、しっかりクジラのダンピングも潮吹きであるブローも見ることができ、感慨に浸っていると夫の独り言が聞こえた。

「クジラにしたら何と迷惑なことか。毎日船に追い回され、〝やかましい！いい加減にしてくれ〟だろうな」

孫との列車旅

十年続いた孫との列車旅の発端は、たまには息子夫婦をノンビリさせよう、列車好きの三歳の孫を列車に乗せよう、と夫が計画したことに始まる。後には幼い妹も加わり、笑い話あり、ハプニングありの二泊三日の旅となった

あれは、四国への旅でのこと。「特急しおかぜ」「いしづち」「アンパンマン列車」に乗り、「坊ちゃん列車」で道後温泉へ。最終日、高知駅で下車。タクシーで坂本龍馬ゆかりの地を訪ね二人の子の手を引いていて、手ぶらの夫を見てふと気が付いた。「そう言えば駅で荷物をロッカーに預けなかった?」と。「特急南風」は私たちの荷物を乗せたまま松山へと戻った後だった。

山陰への旅では、大阪から「特急はくと」に乗るはずが乗り換えるホームを間違え、はくとの後ろ姿を見ただけになった。結局、子ども二人を盾に、このままの切符で行けるよう駅長さんに必死で懇願し、山陽本線を乗り継ぎ鳥取へ。翌日には、「鬼太郎列車」に乗

り境港へ。次の日、神話の島根から出雲を経て「特急やくも」「山陽新幹線さくら」などで無事帰宅。

北陸行きの旅では、恐竜博物館へは車が便利。だが私たちの趣旨は列車旅だ。発掘体験後三日目、車を加賀温泉駅に駐車し、「サンダーバード」「ハットリ君列車」に乗るため氷見への計画になっていた。ところが私のバッグには帰りの切符だけで往きの切符が入っていなかった。夫に管理の悪さを叱責され、情けない思いで往きの切符を一万一五二〇円で買い直したのだった。

責任感があるつもりの私には腑に落ちなかったが、思いあたることがあった。旅から帰宅するやいなや、台所のカウンターの上にある切符を見つけて鮮明に思い出した。旅の前夜、夫が「いろいろ確認したいから、バッグから切符を出すね」と言っていた。そしてその後、「返しとくね」と言ってカウンターに置いたのだ。私も編み物をしていて上の空だったからいけない。「あの場合バッグに戻すのが常識でしょう」とは言えなかった。

今まで失敗はあったが、幸い事故なく過ぎて来たことが何よりだ。来年、兄は高校受験生。今年の長野県白馬村行き、「しなの八一号」「あずさ二六号」「しなの二〇号」で爺ちゃん企画の列車旅もまずは終点となった。

夫の旅計画準備はＪＲの時刻表やガイドブックを購入し、パソコンで子どもの喜びそうなホテルを探して申し込む。そして何と言っても乗せたい列車の時刻、乗り継ぎの良い切符の手配、となかなか根気がいるのである。

今では数冊の、夫手作りの旅の編集アルバムと、アルバムに収まる帰宅後の孫の感想文が宝物になった。

孫が大人になったとき、列車旅のことをどんなふうに思い出してくれるだろうか。

おはぎ

今年も「おはぎ」を仏壇に供え、秋のお彼岸を迎えた。おはぎは実家の母の見よう見まねで、嫁いでから作り始めた。小豆も胡麻も義母が畑で作っていたもので、新たな美味しさを知った。小豆の煮方も義母から教わった。あわてて砂糖を入れると柔らかいあんこはできない。砂糖を入れるタイミングの難しさが、かえっておはぎ作り好きに火をつけた。春は「ぼたもち」と呼ぶようだが、私は年中「おはぎ」の呼び方が好きだ。

義母亡き後は小豆も餅米も購入しているが行事がある都度、ふるまったり手土産にしている。のり、ゴマ、チョコレートなど五色、六色にも進化したおはぎを重箱に入れ、庭のハランと南天の葉で飾る。友人の間では「おはぎの酒井」と私の代名詞にもなっていると聞く。

九月、私と夫は北海道旭川から利尻島までのレンタカーでの三泊四日の旅をした。利尻から帰る途中、「てしお温泉」のホテルで早朝に台風二一号に遭遇した。帰りは、行きの日本海側オロロンラインの荒波を避け、国道四〇号線と高速道路を利用した。道中、車を止めては黄金の稲穂が風で波と続く耕作地に見入った。

今年、この地は「北海道」となって一五〇年である。先人の開拓の労苦を想い、感慨深かった。丈は三〇～四〇㎝ほどに見えるのに、ずっしりついた稲穂。寒い地方でのこの品種改良にも感心しながら、車は「もちまいの里、名寄市」という看板に引かれるように「道の駅」にすべりこんだ。

そこには餅米や、餅米で作った生菓子や和菓子が、カラフルで美味しそうにびっしりと並んでいた。少しずつ試食し、和菓子と餅米を買い求めた。「名寄の餅米」は柔らかさが保たれるのが特徴で、伊勢の赤福餅はこの餅米を使っていると、このとき知った。

帰宅早々、いつものように仏壇の前で無事帰宅の報告をした。翌六日未明、北海道を震度七の地震が襲ったことを朝のニュースで知った。

あの美しい丘陵地帯が二日後の新聞には無残な姿となって写し出されていた。

この秋の彼岸のおはぎは名寄の餅米で作る格別なものだ。近々、名寄の餅米を知人にも声をかけ、取り寄せることにした。一日も早く被災された方々が元気を取り戻されますように。

もののけ

六月半ば、二泊三日の新緑の信州に夫とドライブ旅をした。ヴィーナスラインを走るとレンゲツツジの群生が車山を赤く染めていた。この辺りはニッコウキスゲの群生地だが、増え続けるニホンカモシカにキスゲが食い荒らされ、毒を持ち、鹿も食べないレンゲツツジが増えているという。

ヤマボウシ、アカシア、半夏生が可憐に咲くメルヘン街道を抜け、白駒の池へ向かった。白駒の池は標高二一一五m。コメツガ、シラビソの原生林の中にあり、周囲一・八kmのアップダウンの多い木道を歩くこと九〇分。ここは屋久島か？と見まごうほどの苔《こけ》の世界だ。「日本の貴重な苔の森」に選定され、五二〇種の苔に覆われているという。

滑らないよう慎重に歩く。すれ違う人もまばらな木漏れ日の中、何かに見られている気配が漂う。まるで頭蓋骨が、動物が、屈む老人が黄緑色の苔の毛布を頭からすっぽり被り息を潜めているかのような光景である。

「おーい！もののけ姫、気味悪くないか？　引き返そうか？」。後ろから夫が叫んだ。私は「そお？大丈夫よ。芸術的でワクワク！」と大声で答えた。平均台のような木道を尚も進んだ先の看板には「もののけの森」とあり、思わず声に出して笑った。

次の目的地は御射鹿池《みしゃかいけ》。ここは日本溜池百選に入り、東山魁夷画伯の「緑響く」のモチーフになったところと言われている池だ。水面に白樺、竹の林、カラマツを映し、春蝉かと思われる大合唱が切れ間なく響き渡り、まさに緑響くのタイトルはうってつけと思われた。

吸い込まれそうな景色の中、池の水面を白馬が一頭、すーっと駆け抜けて行った。そんな気がした。

ようこそ狸君

信楽《しがらき》へ行ってみたい。器に造詣が深いわけでもないのに「信楽」という地名の響きと、友人宅で見た愛くるしい狸の置物を見て、いつか狸を買いに信楽へと決めていた。が、夫は私を見て「もうりっぱなタヌキがいるから」と取り合ってくれなかった。

狸には八相あるそうだ。まず顔「愛想良くいつも笑顔」。腹「冷静、決断力、大胆さを持つ」。通帳「世渡りには信用第一の通帳」。傘「災難を避け、身を守る」。目「周りに気配りし正しく物事を見る」。徳利「飲食に困らない徳をつける」。しっぽ「何事も大きく太くしっかりと終わる」。金袋「金運に恵まれお金に困らない」と言う。

令和元年九月三〇日から始まったNHKの朝ドラが渡りに船となった。「スカーレット」は女性陶芸家が珍しかった時代に、その草分けとして陶芸の世界で奮闘する信楽の女性陶芸家の話である。我が家は朝ドラ追っかけ家族。「スカーレットってなに?」と聞くと「陶芸作品で理想の色味の一つの緋色のことだよ」と夫。彼に主導権を握らせたら、あとはこっちのもの。ついに先日、東名阪から新名神を走ること一時間半。あこがれの信楽の地を踏んだのだった。

四方を小高い山に囲まれた信楽は、本来なら静かな山村のはず。そこに観光バスが一〇台も並び、狸の置物の前は人でごった返していた。テレビの力はなんと大きいことか。

陶芸教室があったので、二人で絵付けにチャレンジをした。手の平サイズの狸の素焼きに筆を走らせる。これでどんなふうに色が付くのかと一ヶ月後が楽しみだ。

登り窯、大小のスカーレットカラーの器を見た後は、いよいよ目的の狸。数軒見比べた後のお店で愛くるしい狸、高さ五〇センチを半額近くの一万五〇〇〇円にしてもらい、一人笑みがこぼれる。何しろ私は狸。

こうして、念願の狸が我が家の玄関先に落ち着いた。お正月はこの狸といっしょに、来客のおもてなしをしよう。

キツネとタヌキ

京唄子さんが亡くなった。スケートの浅田真央ちゃんの引退ニュースの陰で、ふと一つの時代の区切りを感じた。

夫七四歳、私六五歳はときどき会話がかみ合わなくなる。夫はどんどん頑固になっている。苦肉の策として、夫には直球より言葉の変化球で対応し、何とか円満を保っている。

旅好きそうに思われる私たちだが、私が、「どこそこへ行こう」ではまず成立しない。たとえば「友達によるとカナダが良かったとか。金欠の我が家では到底無理ね。それに狭い座席で長時間は無理、やっぱり家がいいよね」と言いはなち、数回のビジネスクラス旅をゲットしてきた。ハワイについては友人が行く都度、「結婚当初の体重に戻ったらすぐにでも連れて行く」と言う夫に、昨年の暮れ「一〇キロも落ちたら重病と言うから、ハワイさんにはこちらからお断りするわ」と言うと、何やらパソコンでアメリカ入国の電子渡航認証システムであるエスタを自力で登録完了。「あなたは凄い」と褒《ほ》め、つい先日ハワイ旅行をゲットした。

ときどきふと脳裏をよぎるシーンがある。四十年も前、テレビでリヤカーに乗った農家の女性が赤ちゃんにおっぱいをのませているCMで「夫婦は化かし合い許し合うキツネとタヌキ」というナレーションが流れていた。夫が「あれだ、あれでいこ」と言ったのだった。京唄子さんが亡くなりテレビのニュースが流れたとき、あれは結婚当初テレビで観た『唄子・啓助のおもろい夫婦』のエンディングシーンだったと判明し、時の流れを感じた。『夫婦、不思議な縁《えにし》で結ばれし男と女。もつれあい、ばかしあい、許しあうキツネとタヌキ夫婦おもろきかな。この長き旅の道づれに幸せあれ』というものだった。

五月末から宮崎県ではアフリカが原産という紫の桜と呼ばれるジャカランタが咲く。「日本の普通の桜を見とればいい」というキツネに、観に行きたいタヌキの作戦やいかに。ポン！

生活

vivant

「おはぎ」は
私の代名詞…

小ブナ釣りしかの川

何度聴いても、いつ歌っても心がジーンとなり、鼻の奥がツーンとなる「私の歌」と思える曲がある。子どものころ、野兎を追っかけ、川で魚を取って遊んだ私の心の歌は、高野辰之作詞・岡野貞一作曲の「故郷《ふるさと》」。この歌は、世界中に暮らす日本人の「心に残る歌、第一位」であるという。合唱団に入っている私は、昨年二つの演奏会でこの「故郷」を歌った。そしてこの曲を歌うたびに、昔のままの風景の中で今は亡き両親や、友人が元気に笑っている。

私の育った岐阜県の揖斐郡大野町には、三つの小川が合流する「三水川《みみずがわ》」と呼ばれる川がある。その川は二、三キロも流れると根尾川に注ぎ、やがて揖斐川となる。プールがない時代だったので、夏休み前になると、その三水川へ親たちが出て、トグロを巻くような川藻を刈り取り、子どもたちのために安全な水泳場にしてくれた。水泳時間には大人四～五人が常に監視をしてくれ、その川で私は竹竿とタモとバケツを持ち、ときどき一人で魚取りを楽しんだ。

田の早苗が美しい七月の初めのこと、納屋で、魚を入れるための真新しい網のついた、バケツの半分くらいの缶を見つけ、心弾ませ三水川へ釣りに出かけた。刈り取る前の川藻はふくれたりへこんだり水に揺らいでいる。土手に立ち、藻の中に針が入り見えなくなったとき、強い手応えを感じ、引き上げると一〇センチほどの魚が掛かっていた。腹部が七色に光る「せんぱら」だった。先客の小ブナの中に入れ、水を少し足そうと口元の糸を持ってドボンと水に入れた途端「あっ」、手がすべり、魚の入った缶は藻の中に消え、後に見えるのは長い不気味な川藻ばかりだ。

夜、缶のないことに気づいた父が、「知らんか?」と聞いてきた。気まずく魚釣りの状況を説明すると、普段穏やかな父が烈火の如く怒った。私は父が怒っているのは、勝手に新品の缶を持ち出したうえに、魚が釣れたと嘘を言っていると思ったからに違いない。缶の一つや二つ、なによ! と口惜しい思いでいた。

翌日もまた同じ場所で釣り糸を垂らしていた。昨日のことを思い、まだ気持ちが釈然としていないそのときだった。昨日以上の手応えを感じ、竹竿をあげてビックリ! 何と針に昨日の缶が引っかかっているではないか。慌ててタモで受けて缶の中を見て、私は叫んでいた。

とんで帰り、父の前に魚の入ったままの缶と竿を置いた。父は無言で私の顔を見ただけだったので、道具が戻り安心したのだろうと思った。だが翌日からは、釣り道具一切が姿を消していた。しかも母から「お父ちゃんが言えばええのに」と前置きをし、「藻に足をとられたらおおごとやで、一人で川へ行ったらあかんよ。ほんとにビックリしたわ」と、こんこんと諭された。それが「せんぱら」を見た最後になった。

来月、施設慰問で、また「故郷」を歌う。子どものころ、野山を駆け回っていた私も、今は子や孫を持つ身。あのとき、親に心配をかけたことが身にしみる。「山は青き故郷、水は清き故郷」。この曲は両親への謝罪と感謝の歌でもある。

死ぬかと思うほどビックリした

耐震対策で家のあちこちに筋交いを入れる工事をしている。毎日威勢の良い音が響く。かなりの大掛かりさに支払いが気にかかるところだ。

ところで、このごろよく医療ミスのニュースをテレビや新聞で見聞きする。「大変だ、気の毒に」と思いながらも所詮他人事だった。三年前までは。

あろうことか、三年前の九月、夫がまさかの医療ミスの憂き目を見たのだった。

あの日、夜中の一二時に電話が鳴った。気味が悪いと思いながら受話器を取った。

「B病院ですが、ご主人が今から手術をされます。来れますか?」

「えっ、どういう手術?」

「昼間と同じ手術です」

「朝一番でいいですか?」

「ハア、いいですよ」と電話は切れた。

夫はその日の昼の一時から前立腺の内視鏡手術を受けていた。手術時間は一時間弱で、術後の経過は良かった。夕食も普通食で、私が午後八時ごろ帰ろうとすると「こんなに気分悪いのに帰るの」と言ったが、看護師に「まあ、甘えてますね」と言われ、笑って帰ってきたのだった。同じ手術って何だろうと気になっていると、再び電話が鳴った。夫だった。「これから手術のやり直しをするんだそうだ。苦しくてたまらない。終わったときおってもらいたいからすぐに来てくれないか」と絞り出すような声である。私が「すぐ行く！」と言うと電話は切れた。

車を飛ばし、静まり返った病院の廊下を走り、当直の看護師に再手術の理由を確かめるべく詰め寄ると、「わかりません。わかり次第連絡します」と答えたきり何も言ってこない。廊下に立ったままでいると、夫のいた病室から夫の隣のベッドの人が現れ、「ああ酒井さん、大変だったんだ。ご主人が苦しまれて、何度も〝先生を呼んで下さい〟と言われ、一一時ごろ先生がやっと飛んできてベッドごと連れて行かれ、それきりなんだよ」と言った。私はがたがた震えた。何の説明もないまま、やっと早朝六時半に手術着のままの医師が現れ、「膀胱が破裂しかけていたので外科手術に切り替え、腹部を切開しました」と言われた。不信感をつのらせ「夫はどうなっているんですか」と聞くと「もう大丈夫です」という答えだったが、安堵とともに怒りがこみあげた。

それから一時間後、管をいっぱい付けた哀れな姿で夫は麻酔から覚めたのだが、命があったからこそ聞けたことがいっぱいあった

「夜中に妻を呼んでくれと電話してもらうと、〝忙しいそうで朝しか来れない〟と言われたので、そばにいた看護師に携帯を借りて手術室から電話した」こと。「前立腺の再手術をしたが膀胱が破裂しそうになり外科手術に切り替えるのに、外科の医師がなかなか来てくれなくて、もうこれで死んでいくのだなと思った」ことなどなど。

病院からの謝罪の場で、私は婦長に言った。「苦しさを訴えてるとき、眠剤を飲んで朝までガマンするよう夫は言われたそうですが、飲んでたら今ごろ命はないですよね」。「いえ、痛くて眠れませんから」。私は腹わたが煮えくりかえったが、考えに考えた。医療ミスで多額な金額を手にしても、気の毒がられるのは一時《いっとき》である。いつしか金額だけが噂となり一人歩きするだろう。命があっただけで充分だ。

家の工事はしばらく続く予定だ。夫の命があったからこそ踏み切れた耐震工事。あのときの病院の対応にはいまだに納得がいかない。慰謝料ももらわず、惜しいことをしたかなと思う反面、これでよかったと、今の平穏に感謝している。

私のエコライフ

　三十年前のオイルショックのころ、夫の母から使わない部屋の電気はもちろん、玄関灯すら消しておくよう言われ、面食らった。身も心も若かった私が怪訝な顔をすると「だーだかしてると、そのうち大変なことになるよ。資源に限りはあるでねえ」。私は、節約と言わず資源という言葉で注意され、少し気持ちが和んだのだった。今の私のエコ対策は、その母の教えの下にある。ゴミを出さないためには、余分な物は持ち込まないこととしているつもりだ。

　余分なものと言えば、つい先日のことである。突然激しい腹痛に襲われた私は「救急車は嫌！」と、夫に家から車で三〇分ほどの病院に運んでもらった。痛み止めを打ってもらいレントゲンを撮ると、余分なものがあることが判明、腎臓結石だった。石が落ちたのでなく、出口をふさいだのだろうということだった。

　この病院は、レーザーを当てて石を破砕する技術が高いと聞いていた。そのせいか破砕手術の順番待ちの患者さんがさすがに多く、予約しても手術は二週間後だという。こんな七転八倒の痛みは二度と御免と思い、さっそく破砕手術を予約した。少しの痛みを感じる毎日は、一日が長く思え、気を紛らわすために普段以上に家事、編物に打ち込み、庭の草をこまめに取ったりした。その甲斐あってか痛み止めの座薬を使うこともなく、その日を迎えることができた。友人からは、「簡単らしいよ」という情報が二、三入ったので気楽に臨んだのだった。

甘かった。これでラクになると希望があったから耐えることができたものの、踏み台を二つも昇る手術台に点滴をぶらさげて上がり、上向きに大の字になる。ベッドの左腹部にあたるところがえぐりとられていて、その下から一〇秒に一六発のレーザーが一時間以上のあいだ打ち込まれた。少しでも体を動かすと腎臓にレーザーが当たらない。担当医から大きく息をしないように、喋らないようにと言われ、「いた〜い」は、歯と唇の間で押し殺すように言った。術後は夜までおびただしい血尿が出て、気が滅入った。でも楽しみは翌日のレントゲン結果である。個室だが余分な電気も切り、シャワーも使わないで午後九時には消灯した。当然石は破砕されているものと信じながらも、悶々と合格発表を待つ心境で、眠れぬ長い夜を過ごした。

さて翌日の発表!……石はそのままだった。がっかりした。看護師さんは気の毒そうに

「バランスよく食事をとり、水は一日一・五ℓ以上飲みましょう。縄跳びなど運動すると
そのうち石は落ちるでしょう。駄目なときは再手術をしましょう」と言われた。
会計は一泊で一一万円だった。う〜ん！　家の中も体の中も、いらぬものは処分したい。
ささやかだが真剣に、エコライフ何度目かの見直しをしている。

毒

最近になり、地球上の水量は一定なのだと聞いた。では水質はどうなっているのだろう。早朝のウオーキングで思った。田の草が茶色くなり、水田に除草剤？と思って一週間もすると、稲の芽が整列している。最近、田植えは変わった。機械で除草してから、直蒔きをしているのだ。田に水が入り、水落としのときは農薬もいっしょに川へ流れ出て、やがて海へと流れる。

今年三月一一日に東北を襲った未曾有の大津波は、人を飲み込み、原発事故までも引き起こし、今なお海も大気も汚染され続けている。追い討ちをかけるように、台風一二号、一五号の水害がますます水質を悪くしている。

田園風景を見ていると、記憶から消し去ることのできない農薬事故を思い出す。

子どものころのこと、稲にウンガやイモチ病が発生したらしく、実家も多くの田を耕作していたので、共同でヘリコプターを使って農薬を散布することになった。その日、父と田まで出かけ、車の中から煙幕のように薬が撒かれるのを見ていた。終了後、田から離れているのに車は農薬で真っ白だった。父は「これはいかん」と唸った。空からの散布はそれが最初で最後になった。

さて農薬事故は、その後の小学二年生のときだったと思う。母が稲に撒いたホリドールという薬で倒れたときのことを、私は忘れることができない。

門と母屋の間にある「カド」と呼ばれる敷地で近所の子どもたちと、手打ち野球をして遊んでいるときだった。母が長屋門をくぐり、ヨロヨロと入って来たかと思うと、「目が見えんわ」とガクリと跪き、ゴボゴボと嘔吐した。そのころまだ救急車はなく、往診の医師が自転車で飛んで来た。後の話だが、近所の人たちと共同で農薬散布をしていて、母が風下になったらしい。

母は幾日も声も出なく、目も見えなく、耳も聞こえなく、寝たままの状態だった。父は兄と弟、私の枕元で毎晩泣いたという。学校では、以前教職についていた母を気遣い、先生方から毎日のように容態を聞かれ「一大事なんだな」と子ども心に思った。運良く一命は取り留めたものの、回復にはかなりの時間がかかった。その農薬ホリドールは劇薬で、まもなく使用禁止となった。

兄の話によれば、近ごろでは耕作も一ヘクタールに減り、規定内の薬品を最小限にし、散布していると言う。

今、私は一二月に愛知県芸術劇場コンサートホールで本番を迎える、作詞・高野喜久雄、作曲・高田三郎「水のいのち」の合唱練習をしている。水は命の源であり、上から下、下から上へと循環していると、水と人生を重ねて歌っている。水を汚してはいけない！　毒を流すなどもってのほか！　私たちの身体は水でできているのだから。世界中で川や海を汚さない対策を取ってほしい。

民生委員

民生委員の委嘱を受け一〇ヶ月になる。三年の任期なので先は長く、今から少しばかり気鬱である。九月は敬老金を届けて喜ばれたが、一〇月は赤い羽根募金をお願いして回らなければならない。街頭に立つことも気恥ずかしいが、企業へ一軒一軒、法人寄付をもらいにいくのはとても気が重い。私の担当は六社である。

企業回りというのは、昨年の寄付金の資料を基に、今年も同じ額がもらえるよう、訪問してお願いするのである。地図を片手に自転車のペダルを踏み込むと、辺り一面に漂う金木犀の香りが、私の緊張をスーッとほぐしてくれた。

道すがら、そういえば亡き義母も十六、七年前、民生委員をやっていたのだなあ、と思った。義母は自転車を新調し民生委員として元気に飛び回っていたのだった。今私が乗っている自転車はそのときからのものだ。義母には私が嫁いできたころ「若いうちは、電信柱にも頭を下げるつもりでね」とよく言われた。私は頭を下げることに抵抗はなく、お蔭で地元に溶け込むのも結構早かった。義父にはお茶の席とか玄関先での頭の下げ方を注意されて、今にして思えば助かっている。

さて、募金のお願いは小口の企業から行くことにした。訪問した理由を伝えると「今年も一万円?痛いなあ。ちょっと待って」。たいていの担当者がこう言い、次に「あんたどこの人?」と言われた。義父の名を言うと、「ああ、あそこの嫁さんか、お義父さんには世話になってねえ。そうか、ご苦労様」とスンナリ去年並に出されたのだった。

一喜一憂しながらも足取り重く、次に毎年「三〇万円」の大口の会社に向かった。そこは最近人気のメーカーで、私も工場の一角にある売店へよく好んで買いに行く。

帰りにその店が嫌いになっていないようひそかに祈りながら、二階の事務所のドアをノックした。そして奥へ通されると、なんと私と同年齢と思われる女性が「お待ちしていました」とすでに封筒に入れ、用意してあったお金を渡されたのだった。そればかりか社長の個人名で、二〇万円も別の封筒に用意されていた。そのうえ「大変ですね、ご苦労様」と、ドアまで丁寧に見送って下さったのだった。私はひったくりにあわないようにしなければ、と茶封筒に入れた現金を自転車の前の籠に入れ、手づくりバッグと帽子でぎゅっと押さえ、その上に石も拾って載せた。

私の管轄を全部終えて、ホッとして顔を上げると、西の空は青から茜色に変わろうとしていた。ペダルをいっぱいこぎ、工場地帯を抜けると一面の黄金色の田園風景である。亡き里の母の言葉で、私の座右の銘としている「実るほどに頭を垂れる稲穂かな」を声に出して言ってみた。

人助けは自分磨きでもある。頑張る力が自然に沸いてきたのだった。

老後の夢

もうすぐ五九歳になる。母が逝って二十六年。母は五九歳で他界している。母方の親戚は短命の人が多い。そんなことを思うからか、最近自分の十年後が、ぼやけて見えてこない。母は生前NHKアナウンサーの鈴木健二さんの大変なファンだった。

結婚して間もない二〇代前半のころだった。鈴木アナが我が町へ講演にいらっしゃったのだが、母は遠方なので来られず、代理気分で一人会場へ出かけた。その講演で特に印象に残り、私の生きる指針となった言葉がある。

「二〇代の人は三〇代を、三〇代の人は四〇代を、四〇代の人は五〇代をどう生きるかを考えて日々を送ると、今どうあるべきかということが見えてきて、充実した人生が送れる」というような内容だった。若く柔軟だった私は、そのときからさっそく十年後どうありたいかを常に考えるようになった。

三人の子どもの思春期においては、「バカなことをやって、十年後に後悔しないように」と叱咤激励した。銀行マンの長男は、たまの週末には学生時代から続けているテナーサックスを肩に掛け、いそいそとライブだ、セッションだと出かけていく。次男はスポーツ、長女は芸術の世界に身を置き、今それらは職業とつながっている

夫の祖母、両親、兄弟との生活経験は、たいていのことは対処できる自信にもなった。海外勤務を終えた夫は社長にも昇格したが、リタイア後の今はどうも私が我が家のボスに昇格したらしい。つい先日、六七歳の夫に「老後の夢は？」と聞いてみた。「今だよ。おっそろしいが奥さんは元気。気ままに畑仕事ができるし、行きたいときに一緒に旅行に行ける。今の生活が長年の夢だな」と言う。「そ～でしょう」私は密かに胸を張る。

そんなことを考えていて、「そうだ母の分まで楽しまねば」と思うと、急に十年後が見えてきた。たとえば私が仕事絡みの旅から帰ってくるとエプロン姿の夫が、「お帰り、夕食できてるよ」とピッカピカのキッチンでニッコリと迎えてくれる。料理は美味しく、会話も弾む。楽しみな夢である。

娘をよろしく

今年三〇歳になる娘がいる。上が男の子二人なので、女の子が欲しくて、私なりに食事を中心とした産み分け法を研究して、授かった子である。

娘はというと、女らしさもあるが、アクティブな性格で、バックパッカーでアジアへ行ったり、日食を追っかけ、テントを持ってトルコや日本の南の島へ行くなど、ハラハラさせられたり、「へーっ！」と思わされている

私の娘時代は、習い事漬けで、祖父が厳しかったせいか、若者同士の旅行など許されなかった。自分で言うのもなんだが親孝行な娘で、親の気苦労を慰めたり、家事の手伝いをしたり、母とは世間のこと、友達とのこと何でも話しあった。母の楽しそうな顔が嬉しくて、楽をさせてあげたいと思っていたので、結婚話も家の近くで決められそうな雰囲気だった。

が、夫との出会いで母の反対にあいながらも、隣の県に嫁いで男子二人をもうけた。そ

れでも母は「女の子もいるといいよ」と折りにふれ言っていた。かくして私は女の子に恵まれたのだった。

娘はというと、自分で決めた大阪芸術大学に入学し、イタリアの大学へも短期留学、母が生きていたら度肝を抜かれるくらいの親離れをした。もっとも私は、夫の祖母の相手から始まり、その後は、仕事と夫の両親の介護で手いっぱいで、子どもが元気で自由に飛び回ってくれているのがありがたかった。

ところが介護も卒業し、ふと娘は？と気持ちを手繰り寄せると、会話も少なく、娘の考えていることもわからないし、携帯電話の導入で交友関係も皆目わからなくなっていることに気がついた。名古屋で就職をしたが帰りも遅く、一年が過ぎたころ、「お母さんといると、私もお母さんもダメになるから自立しま～す」と、勝手に名古屋市内で一人暮らしを始めてしまった。

夫は猛反対したが、ふと「娘は私のできなかったことをしている。信じて見守ることにしよう」と思うことにした。それに、姪や甥の誕生日、入園式、入学式には、必ずお祝いを持って帰ってくる。

そんな娘も、この三月末に熱田神宮で挙式をする。二人で式場も日取りも決め、挨拶に来たのが今年の元日。子どものころから「結婚式は熱田神宮」と決めていたとか。彼はと言うと、今どき流行の草食系男子タイプ。娘の兄たちとは全く正反対のイメージである。脳梗塞でリハビリ中のお父さん。明るい性格の妹さん、癒し系のお母さんの仲良し四人家族だ。「心の豊かな癒し系の人たちなのよ」と娘が言う。

最近、彼と会う機会が増えた。六歳年上の芸術家の彼は、なかなか気骨もあり、優しくて頼もしい。そうか、こういう人を選んだのか。母も今ごろ空の上から、「ね、女の子、良かったでしょ?」と微笑んでいることだろう。

はじめの一歩

夫と昼神温泉へ行った。娘の結婚式、親戚の結婚式、地域の行事、と続いたのが一段落したので「温泉につかり、リフレッシュしよう」と出かけたのだった。

その夜、四月の半ばにして四十一年ぶりの遅雪が降り、翌朝の露天風呂では、目の前に立ちはだかる山々は雪化粧をし、風呂の庭園には満開の桜、シャクナゲ、山桃、水仙、雪柳など、寒さの中にも一斉に咲き誇り、山頂の霧の間から青空が見え隠れする様には、思わず「わぁ、ありがとうございます！」と手を合わせた。

ずいぶん前のことになるが、大姑に「昔から辛抱した木には花が咲くと言ってね、私が来たときには大勢の家族で難儀したけど、三十三のとき、三人の子を残して旦那が親より先に逝ってね、それから戦争もあって、いっときはこの家に一人でおったときもあったよ。長いこと生きとると、変わってくるでね。けどお陰で、兄ちゃんにあんたのような、ええ嫁ごに来てまえて、本当に良かった」と言われたことがあった。以来、私のは苦労ではないなと思えた。この賢い人とは十一年間、いつも一緒だった。

二十七年前の四月は、やはり寒く、一〇日の大姑の葬儀には、見事な花吹雪だった。先日の娘の結婚式も満開の桜で、娘の小さいころ、庭の桜の木の下にゴザを敷き、みんなで、ままごとをしたことを思いだした。白無垢で仏壇に手を合わせる娘の脳裏には、きっとおばあちゃんたちが去来したことだろう。

ふり返って思うと、桜のころは何かにつけ、特に子育て中は反省と奮起のスタートラインだった。

このごろ新聞では、幼児虐待のニュースが後をたたない。毎日をパソコン相手に暮らし、家族を殺傷するという、恐ろしい事件もあった。団欒ができない家庭の、闇の部分が出たと思えてならない。ご近所や親戚付き合い、お年寄りとの交流が、本当は人間らしくあるための術ではないかと思う。

さて奈良に都が遷都し千三百年。テレビでも古代史ドラマスペシャル『大仏開眼』を放送していた。ドラマの中で、若かりし孝謙天皇が恋のために立場を見失いかけたとき、日本が国家となるよう大いに貢献し慕う相手、主人公の吉備真備《きびのまきび》が言った言葉が印象的だった。

「人には各々の役目というものがございます。これまでのことは、明日からのためにあったと思える大君であってほしい」

温泉につかりながら思った。「辛抱する木に花が咲く」と言った大姑に出会えて本当に良かった。三人の子どもたちも家庭を持った。さあ、夫と二人、新たな振り出しに戻り、はじめの一歩としようか。

夫の決断、妻の決断

夫六七歳、完全リタイアして一年半になる。妻の私はというと、夫がまだ仕事一途で頑張っているうちに編物の師範となり、仕事、趣味、ボランティアに生きがいを持ち、自分で言うのもなんだが、家事の要領も良いほうだ。昼間の不在が多い私にあきらめた夫は、ひょんなことから新しい分野に足を踏み入れることになった。

たまのゴルフとパソコン、家庭菜園が目下の日常で、毎日「今日は何？　どこか行く？いつ帰るの？　お昼ごはんは？」との詰問に明るく答えていた私も、これはなんとかせねばと思っていた矢先であった。

名古屋の能楽堂へ施設内の見学に出かける機会があった。それがきっかけで能に興味を持った夫は、まずは名古屋市が主催しているこの能楽堂の「能の初級講座」を申し込んだ。能の公演も観に行くようにもなり、「眠くない？」と聞くと、涼しげな顔で「いやあ面白いよ」と言う。講座は週一回、午後六時半から八時までで、いそいそと出かけて行き、五回で終了した。

後日、その能楽堂からダイレクトメールが届いた。夫は次なる中級講座の申し込みに漏れ、がっかりしていたときだった。

五回コースで「能の囃子に挑戦しませんか。最終日に『荒城の月』を合奏をします」というものだった。小鼓、大鼓、笛、太鼓の中から好きなものが選べるというのだ。しかも「能の楽器に初めて触れる方、大歓迎」とある。

最近めっきり気難しくなり、まともに薦めると反対しかねない夫だ。直球勝負はできない。私は「面白そうだけど、あなたには無理ね。いや待てよ、子どもたちの音楽センスは案外父親譲りだったりしてねぇ。でも定員が三〇人かぁ、こりゃやっぱり無理か」と小鼓を打つ真似をし、謡曲風に「荒城の月」を謡ってみせた。

しばらく黙っていた夫が「たぶん定員漏れと思うが、申し込んでみるか」と申し込み用紙に必要事項を書きはじめた。きれいな文字だ。これは採用だなとピンときた私の勘が当たり数日後、案内が来た。「応募総数五五名の抽選の結果、ご当選されました」と書いてある。

「うーん、どうする。練習日の最後の日は演奏会だと。あっいかん、孫との鉄道の旅の日にかかる。こりゃあ参加できんわ」と早くも腰が引けている。「旅の日程を一日前倒ししたら?」と言うと、「いかんよ、お母さんのお稽古日とかぶるじゃないか」と、私の予定が即座に口から出る。私も「仕方ない。大事な教室だけど休ませてもらうわ」と言うと、「参ったなあ」と目をぱちくり。私もすかさず「抽選に漏れた人が一人喜ばれるねぇ。やめる?」と何食わぬ顔で言うと「よっしゃ、やるかあ」と時間のかかることかかること。

かくして、歳とともにあまのじゃくになりつつある夫の「能の楽器演奏、初体験」は、吉と出るか凶と出るか。

映画と私

小中校時代は、映画は学校の講堂か体育館で全校で観るものだった。高校のころは、父兄同伴以外で映画館へ行ったと学校に知られたら、謹慎か停学処分と聞かされていた。

高校生のときだった。友達が「付き合っている男子学生に『エマニエル夫人』を観に行こうと誘われているから一緒に行って」と言った。堅物な私は、男子と付き合うなどもってのほか。誘いを断るよう言ったのだが、結局なけなしの小遣いをはたき、しかも親に内緒で、制服で行くことを条件に三人で出かけたのだった。ところが映画に触発され、彼が親友にへんなことをしないか、まわりに告げ口をしそうな人はいないかと気が気ではなく、映画どころではなかった。停学になったら、親に知られたらと思うと、映画の内容も解らずじまい。未だに映画に出てきた大きな籐の椅子を見ると、あのときの苦い思いが甦る。

我が子たちが高校生になると、中間や期末テストが終わると、数人の友人と映画を観てからボーリング、というのがお決まりのパターンになった。時代も変わったものだ。

私はといえば、子育て真っ只中のころは夫の両親、弟も一緒の大所帯で、映画を観に行くなど思いもよらない日常だった。

ところがある日、次男が「お母さんはつまらない。友達のお母さんは遊びに行っても映画の話をいっぱいしてくれて、楽しくて面白い」と言うのだ。なんてことを言ってくれるのだ、と思ったが、この言葉は、真面目で一直線だった嫁業、母親業から脱皮するきっかけとなった。

その後、車で一〇分足らずのショッピングセンターの隣に大きな映画館ができ、昼間テレビを見ない私は、ときどきは買い物ついでに映画を楽しむようになった。平日の昼下がりは貸切りの様な館内で、ゆったりと鑑賞することができた。

あるとき子どもたちに、最近観た映画の話をしたり、お勧めの映画の話をすると、ニヤニヤと笑って聞いていたが「お母さん、主婦ってヒマなんやね」と言われた。以来、映画の話をするのはやめ、一人映画を楽しむことにした。

その後、義母の介護期に入ると、映画どころではなくなり、病院だ、リハビリだと神経が参りだしたころ、友人が「『折り梅』を観てくるといいよ」「『阿弥陀堂便り』を観てきたら」などと言ってくれ、義母のオムツを替えては映画館へ走った。その映画が私の生きるヒントになった。慟哭した『グリーンマイル』は命を見つめ直すきっかけにもなり、穏やかな気持ちで最後まで自宅でお世話をすることができたのだった。

八人家族から今では夫と二人の生活。『アバター』や『レッドクリフ』などの映画は、夫婦の潤滑油になった。最近では生活が落ち着き、それぞれが趣味にも忙しくなり、映画館から少し足が遠のいている。さて久しぶりに夫と何を観に行こうか。

私の食育生活

私の食へのこだわりは、暮れのおせち料理のときに発揮される。我が家の食材は、夫がリタイア後、亡き両親から引き継いだ三〇〇坪ほどの畑で作る野菜だ。レタス、大根、人参、白菜、ネギ、小松菜などを友人たちに「産地直送でーす」と届けると、クワイ、れんこんをお返しにいただく。そうそう、まだ自信作があった。種の選別をし、手塩にかけて育てた丹波の黒豆である。

「大したことできませんが、私も何か用意しましょうか？」といってくれる敷地内に住む長男のお嫁さんに、「ユリ根のきんとんと数の子をお願いしようかな」というと、元旦の早朝には、金粉を散らしたユリ根のきんとんと数の子が登場している。たつくり、筑前煮、きんぴら、昆布巻きなど、茶色の醤油色が多いが、それぞれにこだわりの醤油を使い、我が家流のおせちが並ぶ。暮れに家族でついた餅で雑煮ができると、彼女の「おおっ！」の感嘆の声も出て、「今年もよろしく」と、我が家の一年がスタートする。

十五年前、夫はタイのバンコクに仕事で三年半駐在した。同居の夫の母は体調不良、三人の子どもは進学や就職の時期で、夫の健康が心配だったが単身赴任をしてもらった。だが一時のことだからと、かかる費用は目をつむり、駐在中は夫の健康管理のため、近所に住む義弟のお嫁さんの助けを借り、なるべく現地に行こうと通った数は十三回。一度行くと一ヶ月は滞在したので、タイ語学校、タイ料理教室へも通い、その仲間と食べ歩きも楽しんだ。

ときには、駐在している会社の家族をコンドミニアムに招き、日本から運んだ食材で、おはぎや、すき焼きなどを作った。野菜は現地調達だ。そのときつくづく、米、大根、葱は日本のものが一番美味しいと思った。

夫が日本へ完全帰国してからは、タイで一緒だった仲間と、我が家の庭でタイ料理や、バーベキューをして楽しんだこともあった。

あれから年月が流れた。夫もすっかり農作業が上達し、無農薬で作る野菜の種類も増えた。ゴーヤなどは三年前からりっぱな棚をつくり、三本の苗からは一日に六〇本も収穫する日がある。私の営む編物教室の生徒さんに持って帰ってもらったり、趣味のコーラスの練習会場まで、夫に軽トラックで運んでもらい、先生や仲間に喜ばれている。

昨年の暮れは、娘夫婦も我が家で年を越し、台所は嫁や孫で大にぎわい。娘は久々のおせちを手伝い、「お母さん、彼のお母さんもお料理が上手で、借りている畑でいろんな野菜を作って料理して、温めるだけにして、マンションへ運んで下さるんよ。すごいでしょう。ありがたいよ」と声をはずませた。

これからもおせちに始まり、楽しんで料理をしよう。いつまでも家族が元気で暮らせるように。

両親の教え

一面の田んぼに水が入った。飛び交うツバメの鳴き声を聞くと、子どものころを思い出す。広大な水田は私の格好の遊び場だった。

先日、月に一度の検診でかかりつけの医院へ行ったときのこと。会計を済ませた六〇歳前後の女性が凄い形相で、待合室にいる病弱そうな老婆の足を蹴り、腹立たしげに連れて帰っていくのを目撃した。私の胸は早鐘のように鳴った。

直後に私の名が呼ばれ、血圧が測られた。「いつもより高いよ、どうかされた?」と看護師さんに聞かれたので、「今、会計して出て行った人は老人虐待だから調べて。何とかならない?」と言うと、それに対する返事はなく「隣の部屋で気持ちが落ち着いてから測り直しましょう」と悠長な態度だ。それにしても、あの人は実の娘かお嫁さんかと気になるばかりで、血圧はすぐには下がらなかった。

嫁ぐ前、私は母によく言われたことがある。「年寄りや病気の人には普通に話しても叱られてるように聞こえるもの。普通以上に気を遣って話してあげて」と。そんな母は近所や親戚のお年寄りに頼りにされていた。

その母も、父より十年も早く五九歳で逝ってしまい、晩年父は脳梗塞を繰り返した。その最後の入院中のこと。実家も機械化は進んでいたが、日ごろ父のお世話をよくやってくれていた兄夫婦は、田植えの準備で忙しく、私はせめて週末ぐらい父の看護に当たらせてもらおうと、夫や夫の両親の理解もあり、家から車で一時間半の病院へ泊まりがけで出かけていた。病室では、もう話せなくなっていた父に向かって、今抱えている問題の相談、思い出話などの一人喋りをした。

「世間はね、今、田植えの準備の真っ盛りやよ。昔は大勢田植えさんみえとったねえ、何日かかったの?」と言ったときである。ハッキリした昔の声で、「十日」と答えた。驚いた。誰もが父のことを話せない、言葉も理解できないと思っていたのだ。「ふ〜ん、多かったで大変やったねえ。どんだけ作っとったの?」と続けると「七町歩」と言い「聞こえとるぞ」とも。しばらく涙で声にならなかった。そして父は弱々しい声ではあったが「看護婦やみんなが人を子ども扱いする」と言い、力ないあくびともとれるため息をついた。そういえば病室にある消毒液、床ずれ用のガーゼも全て「〇〇ちゃん」と父の名前が書かれている。それに看護師たちはこの老人病棟で各病室へ入るとき大きな声で「〇〇ちゃ〜

ん、元気ぃ」と言う。それを聞き、私は嫌悪感を抱いていた。患者の身になったらなおさらだ。

その六月一六日、たまたま付き添いのいない未明、父は永眠した。七一歳だった。

父や母のお陰で、夫の両親には、その後、最後まで人格を尊重しての介護ができた。

子どものころ、米、梨、桃、柿を出荷し、種なし葡萄の研究など、父が農業に尽力しているのを見て育った。間もなく父の日と父の十七回忌だ。両親を人生の師として偲ぶ日でもある。今日もツバメが元気に飛び交っている

カボチャ

カボチャを面取りして調理することは同居する義母の料理で覚えた。

義母が畑で作る野菜は食べきれなく、「新しい物だけ使ってくれればいいでね」と言われていたが、義母はカボチャだけは丁寧に面取りした端っこも、かき揚げにしたりしていた。

カボチャが好きなんだなと思っていた。

そんな義母も介護が必要になり、車椅子で食卓につくようになり、食もすすまなくなったある夏の昼、皿のカボチャをじっと見ているのに気付き、聞くと、痩せて骨ばった自分の左胸を右手でドンと叩き「ここに申しわけなて、いまだに引っかかってることがあるんよ」と、戦時中のことをポツリポツリと話し出した。

「今日のように夏の暑い日だった。門にカボチャが数個おいてあるのを見た女の人が、『疎開中の身で子どもが多く、食べる物に難儀してるので、このカボチャを一つ分けて下さい』と言われたのに『うちは、乳を出すヤギにも食べさせせんならんで』と断ったことが、ずっと悔やまれてきた」と言った。

その年の一二月、義母は静かに逝ってしまったが、慰めの言葉も無責任に言えないと飲み込んだままの私は、今、夫の育てたカボチャ、野菜は、なるべく無駄にしないよう、採れたてのうちに「ご自由にお持ち下さい」と札を立て、家の前を通る皆さんに食べてもらっている。

＊中日新聞「くらしの作文」掲載

初心忘るべからず

ＮＨＫ朝の連続ドラマ「あまちゃん」が好評だ。岩手県の架空の町、北三陸を舞台とした東北復興祈願が込められ、「笑顔と元気を届ける」という朝ドラの原点が伝わってくるそのドラマの中で懐かしい顔を見つけた。

ヒロインのアキ役、能年玲奈ちゃんも素朴で可愛く、人気の所以だと思っているが、私が特に懐かしく注目しているのは、アキの親友、制服姿の足立ユイ役の橋本愛ちゃんだ。

四十年以上も前、高校三年生のときの仲良しで、一緒にいることが多く、卒業後一度も会っていないＡさんにそっくりなのだ。美人のユイちゃんは「ミス北鉄」と言われているがＡさんもＭ高校の名から、「ミスＭ」と言われていた。彼女は橋本愛ちゃん以上の美人だった。二人でいると、男女問わず振り返って彼女を見ていった。男の先生など目じりを下げ、私には苗字にさん付けなのに、Ａさんには親しげに名前を呼び捨てだ。特に、二年のとき彼女の担任だったとかで、若い物理のＫ先生とは噂があり、Ｋ先生は二人でいるとくだらない話をもちかけ、わざわざ寄ってきた。私はK先生のことはよく知らなかったが、美人で優しい彼女を守らねばと内心思ったものだ。

あるとき、クラスの男子が神妙な顔で「ミスMは付き合いたい女の子ではナンバーワンだけど、奥さんにするなら君だって言ってるよ。二年生のときのキャンプで、サラダとか手際よく作ってたよね」と私に言うのだ。あのときは切って並べただけだし、多少のひがみもあり、そのお世辞が不愉快だった。現に憧れの男子に呼び止められると、Aさんへの伝言か、手紙の仲介だったのである。私のことが、サラダごときでわかってたまるかと、情けない思いだった。

そしてこういうときは、いつか私に「嫁になって」と言ってくれる人が現れたなら、その彼を絶対幸せにしてやるんだと思った。誰もに「逃がした魚は大きかった」と思わせてやろう、と思うことで若い気分が落ち着いた。

結婚が決まろうとしていたとき、夫の父は高校へ私の「聞き合わせ」に行った。そのとき「えっ?」と耳を疑う誉め言葉を聞かされ、たいそう気を良くして帰ってきたと、後日義父が機嫌が良いときに話してくれた。

数年後、物理のK先生にバッタリ出くわしたことがあった。先生は物理の授業はおろか担任にもなったこともない私のことをよく覚えていて、以前聞き合わせに行った義父に、私のことを話してくれたのが先生だったと、このときの会話でわかって驚いた。K先生が私をほめてくれていなかったなら、今の私の生活はまた違っていただろう。

朝ドラで高校時代の友の顔に会い、ミスMは今幸せだろうか、美人を射止めたご主人は幸せなのかと、昔のままの彼女を思い浮かべながら考えた。

さて我が夫は幸せだろうか。幸せにしてもらうのではなく、私が幸せにしてあげようと結婚に踏み切ったはずだった。歳のせいか夫の言動、行動に最近イラッとくる私だが、朝ドラを観ながら思う。「初心忘るべからず」。

母の面影を重ねて

最近、何かにつけ三十八年前、五九歳の誕生日に亡くなった母のことを思う。
二〇歳で結婚して家を離れた私は、三人の子育てや、夫の家族に気兼ねをし、里帰りもままならなかった。携帯電話社会の今では考えられないが、当時、電話は家の前のお寺と親子電話になっていた。私が電話をしたくてもお寺の方の話し中が多く、母とはなかなか話すことができなかった。

当時、母にしてみたら通じない電話にどれ程やるせない思いをしていたことか。母の歳を越え、嫁いだ娘を案じるようになり、しみじみ思う。だが母からは、つながらない電話の愚痴を一度も聞いたことがなかった。

老人施設から、ボランティアで編物を教えてもらえないかと話があったのは半年前の平成二六年七月のこと。セミナーの日に編み物指導で全国を回られている先生にどんなものを指導したらよいかと相談した。すると「無理、無理、やめておきなさい」と、けんもほろだった。受講仲間にも「そういうのは避けた方が良い」とか「あなたの元気が吸い取られる」という人もいた。良きアドバイスがもらえることしか考えていなかった私は途方に暮れ、夫に相談すると、「あなたの元気は分けてあげることはあっても取られんでしょう。思うようにやってみたら」だった。

家から車で二〇分の老人施設は三階がケアハウスになっていて、ワンルームが四〇室ほどあり、廊下も広く、ちょっとしたホテルなみのたたずまいで、スタッフも多い。

月に一度、私より七、八歳年上の人たちに、この歳まで生きられなかった母の面影を重ねながら、母と一緒にやるつもりで引き受け、指編みのマフラー、コサージュ、指なし手袋などを指導。試行錯誤で半年が過ぎた。

子どものころ、母はいつも私を誉めてくれた。手芸が好きで人形の服、学校へ持って行く座布団、時計のベルトなどを思いつくまま作っている私に「誰に似てこう器用なんやろね」と私をその気にさせてくれたのも母。

ケアハウスの編物メンバーは一〇人前後で、若いころ編んでいたベテランさん。耳の遠い人。「ハイ、わかりました」と言うハナから忘れ、「こんなややこしいもん、どうもならん！」とすねる人と様々。私に気遣い責任者のAさんは「何てことを言うの、先生に失礼でしょう」と言われ、一瞬重い空気が流れるときもあるが、「その難しそうなところだけ私がやりますね」と夫の両親の介護経験者の私は心得ている。「わーっ、綺麗にできましたね」。母から受けたほめ言葉と笑顔のお返しをする機会を与えてもらったと思えてくる。皆さんも笑顔であっという間の二時間である

このごろ、何事にも意味があると思えるようになった。このささやかなボランティアの編み物の会が、子どもたちに母の足跡として残れば良い。

ネイルのおすすめ

親には申しわけないが、身体の造りにはコンプレックスだらけだ。特に母親似の手が気になる。高校生のころから、友人や先輩の白魚のような手がうらやましいと思っていた。

今思えば、子どものころから家の手伝い、手芸や粘土細工など、手先が器用と言われ、何にでも興味を持ち、まさに「手を使いからかしていた」。そんなせいか、いつの間にか人前に出せないほど節くれだち、五〇代にして血管の浮き出た、老けた手になっていた。

半世紀も前、田舎で書道塾も美術の塾もなかったころの小中学校時代、書き初めだの写生大会は、選ばれた生徒が放課後残って、幾日も練習し、清書を提出した。私の隣で書いていたS君は、家の手伝いもしてなさそうな白い細い指で、「大きな力」「希望」など書いていた。手と同じしなやかな文字だ。私はと言えば、止めとハネは得意だが、元気が良すぎる字で、枠に収めるのに苦労した。

絵画においてもSくんはライバルだった。彼は瓦や葉っぱの一枚一枚に心血注ぎ、私は影や空、水の色に力を込めた。金と銀の賞が抜きつ抜かれつで廊下に掲示され、そんなころから男性の白い手は苦手になった。

こんな私も三〇代から編物を教えることになり、当然手をさらす。畑や庭仕事。編み機のキャリッジもなかなか力がいる。グローブのような手はますます厚みが増していった。

ついに五年前から、指の数か所の関節が悲鳴をあげ、コブのようになった。リュウマチを心配し医者を転々とすると、手を使い過ぎの「へバーデン結節」と、診断が下った。「手を休めればそのうち、ややではあるが治まる病気で、命に別状はない」と言われたが手を休めるなど到底不可能である。

もう私も還暦を超え三年目に入る。今さら手を休ませては他に弊害が出るだろう。それにもう、恰好をつける年齢でもなし。

そんな私があるとき、手の爪にネイルを施す機会を得た。娘が一念発起し、ネイリストの資格を取り、転職したのである。私は、「ネイルの手で家事ができるの？　草取りなんて無理でしょう」と決めてかかっていた。ブライダル用は二時間、一般は一時間コースと時間も費用もかかる。反ネイル派だった私が、姪の結婚式前にその花嫁さんのついでにやってもらうことになったのである。

そしてあろうことか、私はこのネイルにハマってしまった。はがれにくく庭の草取り、畑仕事オーケー、家事に問題なし。爪は個人差はあるが二週間に約一ミリ伸びる。ネイルのお蔭で爪先の裂けもなく、少し伸びた爪は指を長く見せ一ヶ月も持つ。指先のアートを気遣い、ハンドクリームをこまめに塗るなど手のケアも心がけるようになった。

この歳になり、我が手に感謝せねばと気づかせてもらった気がする。節くれだった私の愛しい手よ。まだまだ頑張るからお願いね。

お伊勢さん

「式年遷宮」と言われる二十年に一度の神様のおごそかな引越しの大祭が、まもなく行われる。「お伊勢さん」と気安く呼びながらも地元の人はともかく、伊勢神宮は多くの人には遠くて、あこがれの地だ。

そのお伊勢さんの遷宮の行事に、「お白石持ち」という形でかかわらせてもらえた。しかも内宮《ないくう》と外宮《げくう》の両宮である。

エッセー教室仲間で伊勢市に住むJさんからお声がかかったのは六月だった。Jさんたちの奉献団は、内宮は八月九日と決まっていて、白装束に身を固め、二キロの道のりを六時間「エンヤー、エンヤー」と、千人を超す人々と一緒に綱を引いた。熱中症患者も続出し、救急車のサイレンも鳴り響く酷暑の中だった。

私はと言えば、ねり歩く間、気力満々だが暑さに弱い稲沢から同行の友人Sさんの体調が気がかりだった。それでも無事に宇治橋にたどりつき、白いハンカチに、握りコブシ大のお白石を乗せてもらい、真新しい社殿を目の当たりにすると、濃度の高いヒノキの香りに包まれた。二度と踏み入ることができない正殿の足元に、そっと石を置かせてもらいながら、全てに見惚れた。高欄部分に付いた宝玉は銅版を丸く加工し、漆で彩色され、赤、青、黄、白、黒と輝き、内宮で二七個、外宮で二五個。伊勢の工芸品だという。だれもがうっとりしながらも自然に手が合わさり、まさに感無量。熱中症寸前のSさんと神聖な気持ちで無事帰路についたのだった。

外宮のお白石持ちのお誘いも、ふたつ返事で参加を決めた。九月一日、名古屋から一人で列車に乗った。台風一三号のあおりで前日は荒れ模様。電車が動く限り、ヤリが降っても参加の意気込みでいたが、幸い秋を感ずる晴天に恵まれた。だが翌日はドシャブリ。神様はJさんを気遣われたに違いない。

その外宮の日、車窓から眺める三重の田園は黄金色の稲穂が頭《こうべ》を垂れ、伊勢市近郊では稲の刈取りも進んでいた。私の地元、稲沢ではまだ稲も青々し、穂が出て間もなかった。

流れる景色を堪能していると、ふと我が家にふりかかる出来事で心を痛めていることが小さい出来事に思えた。「天照大神様」もヤレヤレと思われているであろうと思ったら尚も心が軽くなった。まるでお伊勢さんへと近づく空気が肩の荷を軽くしてくれているようだった。

内宮では夢見心地で終わったお白石持ちも外宮では旧社殿にもしっかりお参りでき、お礼もしっかり言え、参加を促して下さったＪさんとの御縁にも深く感謝をしたのだった。

連日、お伊勢さん関連の新聞記事を目にしている。遷御が無事終わったら、マスコミでおなじみの日本宗教学会常務理事の櫻井治男著『知識ゼロからの神社入門』を読んでみようと思う。

内宮の遷御は一〇月二日。外宮は一〇月五日。ＮＨＫのテレビ中継が楽しみだ。

私の健康法

「食べ物おいしいか？　好きなだけ食べとるんか？　体重計ってメタボの検査してきて」

これはつい先日、かかりつけのS医院で久しぶりに診察をしてもらった大先生の言葉である。最近、息子さんのA先生が院長になられてから、一ヶ月に一度、血圧の薬をもらいに行くのだが、なかなか会えない人である。

S医院の大先生にかかるようになって、かれこれ三十年になる。三十年前、夫の父が夜半に具合が悪くなったとき、かかりつけのI医院へ電話をすると「高齢のため、夜間の往診はできない」と断られ、そのとき電話したS医院の先生がかけつけて下さり父は助かった。それ以来、家族全員がお世話になっている。

次男が大学卒業間近のころ、卒業旅行にインドを回り、バスの屋根にしがみついたり、バスの窓枠を握り、身体半分外という旅から帰国後、東京の下宿から国道一号線を自転車で稲沢まで帰ってきた。二泊してそのまま九州へ向かったのだが、広島でダウンし、新幹線で帰ってきた。三日三晩、四〇度の高熱にうなされ、A、B、C型肝炎が疑われ、大先生のお世話となった。

私も夫も、汗ですぐにぐっしょりとなる衣類や寝具を替えたり、不眠不休で看病にあたったのだった。医師からは座薬をお尻から入れるのを抵抗する息子を「好き勝手ばかりしとったらいかんぞ。解熱剤くらいしっかり親に入れてもらえ」と叱られたものだ。やっと四日目にして熱が下がったときには、早朝に医院から電話があり「よかったなあ」と言ってもらえた。

髪を萌木色に染め、日焼で真っ黒な顔で苦しむ息子を見て、かなりのヤンキーだと思われていたようだ。髪の色はバックパッカーのとき、からまれないため、と息子は言っていた。

「先生、ヤンキーに見えた息子は、あのときすでにNHKに入局が決まっていて、今はスポーツアナをしています。先生に命を助けてもらったお蔭です」と、あれから十年以上もたつのに未だ言えないでいる。

私がときどき腎臓結石で苦しんでいて専門医にかかっていたときも、「痛いときは夜中でも電話かけてここへ来るようにな。応急処置の痛み止めくらい打てるよ」と温かい言葉の大先生。待合室で薬が出るのを待っていると、なじみの看護師さんが笑顔でやって来て、

「これ先生から」とメモ書きが渡された。それには、体重÷身長÷身長＝ＢＭＩとし、私の数値が書かれ「せめて二五までに留めるように」と書かれていた。

よおし、大先生に「頑張ってるな」と言われるようＢＭＩを下げよう。Ｓ医院にカルテを委ねるのも私の健康法の一つと思うから。

節目

再来月に夫の祖母の三十三回忌と夫の母の十三回忌の法要を勤める。

この家に嫁いできて四十三年になる。嫁いだ直後に夫の祖母の舅の五十回忌の法要が盛大に行われた。その晩、夫の母から「おばあさんは、旦那どのを早くに亡くし、すぐに姑さん、最後に舅《しゅうと》さんを亡くしてみえるで、苦労の中、法事を何度もつとめてみえる。私の代では法事が数えるほどしかなかったけど、あんたの代は法事ばっかりやってもらうことになるで頼むね」と言われた。当時は返答に困ったが、今や本当に義母の言った通りになっている。

そのとき、八〇歳を目前に控えていた夫の祖母の言葉も忘れられない。「旦那、姑、舅の順で弔い上げまで、長生きさせてもらえるとは思ってもみなんだわ。長年、行事の節目を数えてるうちにあっという間だった。やることだけはちゃんとやってくと、勲章がもらえるもんやねえ」と。「勲章?」と聞くと、「あんたたちに世話になってる今の生活が勲章だわ」と言われた。

それから十年以上、我が家では法事こそなかったが、二人の弟の結婚式、地域の年中行事、御講の宿の順番がまわってきた。仏事が盛んな土地柄で、時の仕度、例えば、そのときの仏壇の装い、お軸はこれ、茶碗は…といった具合で細々としたことを見ながら覚えた。周りからは「跡取りの嫁さんは大変ね」と言ってもらえたのがせめてもの救いだった。

その祖母も十年余り一緒に生活し、八八歳の祝いを過ぎてから、静かに浄土へと旅立った。その後、義父、義母と葬儀が済み、数年前は法事が毎年のようにやって来たときもあった。このごろでは「祖母と義母を」、あるときは「祖母と義父を」、そしてたまには「だれか一人だけ」と言った具合で二年おきに法事がやってくる。

四世代同居のころは一日の大半を台所に立ち、年齢にあった食事づくりに時間を費やしていた。近所に住む弟たちの子どももときには我が家で一緒にワイワイ過ごし、「私の時間がほしい」と思ったこともあり、長い間には逃げ出したい思いにかられたことも幾度かあった。今では家庭を持った甥、姪が、帰省の折には夫婦で寄ってくれ、こんな嬉しいことはない。

折しも二月の今、ソチ・オリンピックの真只中である。選手の活躍を見ていて思うことは彼らが健康面、金銭面、メンタル面で支えられてきた多くの人に感謝の言葉を述べていることだ。四年ごとにやってくる五輪を目指し、節目を乗り超えてだれもが口を揃えるのは、「支えてくれた人に感謝し、自分のためにも納得のいく演技、競技がしたい」。スケールがビッグ過ぎて、彼らと比較したり、引用するのもおこがましいが、私なりに節目を頑張れたのは、守ってきた家族の支えがあったからこそと、このごろになり気づかされている。

今回法事が終わったら遺影の人たちに聞いてみよう。私、いつかメダルもらえますか？

梅仕事

今年の夏も厳しい暑さだった。梅を干す日和も続き、セミしぐれの庭に梅の香りが広がっている。

私の梅仕事は夫の母を見送る二年前から引き継ぎ、今に至り今年で十四年になる。それも最初のころは全くうまくいかなかった。

重い常滑焼のカメの扱い、塩加減、畑の赤紫蘇のでき、三日三晩のお天気。これらの条件が揃わないと気がもめ、スーパーで梅干しを目にすると、買った方が安くて楽、とも思え、梅仕事をしない年もあった。ところが生活の節目に拘る私は物足りなさを感じ、量を減らし梅仕事を続けることにした。今年は腰痛にも悩まされ、それでも三Lの南紅梅を五キロ漬けた。今では減塩で、こだわりの天日干しは私の理想の梅干に近づきつつある。

梅仕事のたびに、思い出す光景が二つある
一つはまだ母も義母も元気だったころ、私は毎年実家へ梅の収穫に行っていた。古い三本の木からは三〇キロほどの実が採れたが、木の高さもあり、一〇段の高くて重い脚立に登って枝を揺らすようにして収穫作業をした。

忘れもしない昭和六〇年、全国的に栗に特有の、大型の蛾の幼虫クスサンが発生した六月のことである。梅の木の隣には大きな栗の木があった。クスサンとは栗の雄花を太くしたような姿で、長さ一〇センチほどあり、ペパーミントグリーンの毛がフサフサした毛虫である。綺麗な色ゆえに気味が悪く、母が枝を揺らすと、数匹のクスサンが母の帽子や衣服に付着した。私や夫はお手あげで仕事にならなかった。だが少しでも多く梅を持たせようと、母は嫌な顔もせず懸命に採り、夫の親戚にまで持たせてくれた。今、私は娘にそこまではできない。

その年の梅はというと、土用になり義母は途方にくれていた。白くカビていたのだ。義母は私にイヤな思いをさせないよう、漬かった梅を水で洗いながら、「迷信は信じんでいいよ」と言ったが、その年の九月、実家の母は、還暦を前に検査入院中に亡くなってしまった。

二つめは、義母の介護度も進み、任されて二度目の梅仕事のこと。青梅は友人がくれたものだった。不慣れながらも前年に続き何とか漬けたのだったが、梅雨明けの土用に蓋をあけ、愕然とし、一〇キロの梅を全部捨てた。カビさせてしまったのだった。義母には黙っていた。その年の一二月義母は他界した。

「梅がカビると良くないことがおこる」。この地方に伝わる迷信が私を苦しめる。梅仕事がなかったら気が楽だろうにと思いつつも、時期が来ると、待つ子や友人を思い、青梅を買う。今年も丁寧に焼酎でカメを拭き、あく抜き後の梅の水気を拭き取った。功を奏し、カビ一つなく仕上がった。爽快な気分だ。

迷信についてしみじみ思う。昔は生活のすべてが手作り、手仕事だった。先人は毎日の生活をいい加減にしてはいけないという戒めとして、忠告が迷信となったのだろう。

忘れられた果実

子どものころから、桃、梨、葡萄、柿、栗を出荷する家に育った私は、花を愛でるのと同じくらい、果実が実っているのを見ると、心が浮き立ち、見入ってしまう。

一時期、家の近くの会社が天井の高い温室でレストランもやっていて、ランチやお茶にと子どもや友人と出かけていた。目当ては花から始まり、たわわにぶら下がるバナナの成長を見ることだった。沖縄でパイナップル畑を見たとき、タイでドリアン、マンゴスチン、カシューナッツが実る様子を見たときも釘づけになった。

以前、夫がタイに駐在中、珍しい果物が実る木をカメラに収めるプチ旅行をしたことがあった。北部のチェンマイでは楊貴妃の好物といわれるライチ。見事な真紅。枝もたわわで味は絶品だ。これが海を渡り我々の口に入るころは残念なことに茶色になってしまう。

南部ラヨーンでは一つ五キログラム以上もありそうなドリアンやジャックフルーツが、まるで木の幹に突き刺さるように実っていた。そうだ、日本のカリンの実の付き方に似ている。また、赤くイソギンチャクのようなランブータンは、山柿のようにビッシリと実がついていた。マンゴーは一つずつぶら下がり、このマンゴーを初めて食べたときから長年目にしなかった果物が気になり始めた。

それが何か。今年一〇月五日の『中日新聞』日曜版で判明したのである。新聞には「忘れられた果実」としてその果物「ポポー」が紹介されていた。女子高校生が知ってもらいたい、食べてもらいたいと「ポポー」を写真付きで紹介していたのだ。私の幻の果実をである。

半世紀以上も前、広い柿畑の中に一本だけその木はあった。それも富有柿の中のたった一本の古木、富士柿の隣にあったので、富士柿の突然変異かと思うほど不思議な果実だった。ましてや父が「ボーボーなんか美味しないぞ」と言ったのでボーッとした柿なのかと思ったのだ。柔らかくなった柿に似た食感は口に残った。それがマンゴーを食べたとき、突然懐かしく蘇ったのだった。新聞の見出しの通り、まさに「忘れられた果実」だったのである。

毎年グミ、イスラウメ、イチジク、ビワは実ったが、ボーボーと言っていたポポーはいつしか消えていた。ポポーは北米原産で明治時代に日本に入ってきたようであるが、今は島根県美郷町の山あいの比之宮地区で栽培されているそうだ。

「手に入らないだろうか」と思いかけたころ、たまたま稲沢緑化木センターの前を通り過ぎた。そのとき、反射的に車はセンターを目ざしUターンをしていた。「新聞に出ていたポポーという苗木ってありますか?」「あります。夫はポッポて言いますけどね」と係員は言った。「さすが植木の町、稲沢だ」と感心し、広大な植木センターの中央に行くと、ポポーと札が付いた五〇センチほどの苗木があった。収穫時の果実は緑だが、すぐ色が悪くなり日持ちはしなく、匂いもすごいとのこと。価格は五四〇円だった。

さっそく畑に植えた。はたして幻の果実は何年か先に実をつけるのだろうか。今からサルカニ合戦のカニ気分の私である。

草取り

夏も終わりというのに、庭の雑草の勢いが止まらない。

今朝も早起きをして草取りをしていると、小学五年の孫娘が「おばあちゃん、きれいにしてくれてありがとう。これ、コニシキソウだったね」と、そばへ来てしゃがみ込んだ。疲れが一気に吹き飛んだ。

私は草の図鑑を見ては草取りをしている。実家の母の影響だ。ときどき孫とは草の名前を言い合ったりする。休憩時間には一緒にアイスクリームを食べて、よく冷えた麦茶を飲む。終わった後のシャワーの爽快感は、この上ない。

記憶にある母は、いつも田舎の広い庭の草取りをしていた。ハハコグサなどが生えていると、草にまつわる話をしてくれた。それが今、孫へと伝わっている。

冷蔵庫もなく、アイスクリームなど簡単には口にできない時代だった。ただ敷地内を流れる井戸水に、お茶、スイカが冷やされていた。

私は母に「きれいにしてくれてありがとうと言った記憶はない。九月は母の三十三回忌、元気でいてくれたら九一歳になる。

お母さん、年中草取りに明け暮れていましたね。今更ながら「本当にありがとう」。あなたの後ろ姿を受け継いでいますよ。

＊中日新聞「くらしの作文」掲載

ネジバナ

鉢植えの中にも、苔の中にも、芝生の中にも、今年もいっぱいネジバナが咲いた。梅雨に入り、紫陽花、アガパンサスのような大ぶりの花に対し、ささやかながらも、しっかりと存在を主張しているこの花は、私が二十年来探し続けていた花だった。

六十年も前のこと。私は、家から一キロも離れていない、開園二年目の保育園に通う年長児だった。近所の園児六、七人を引き連れ大人の引率もなく、大人たちからは「頼むね」と言われ意気込んでいた。畑の中の草道を小さい子の手を引き、四つ葉のクローバーを探したり、オオバコで草相撲をしたり、草笛を吹いたりしての通園だった。

ある日、お昼寝から覚めると通園仲間のMちゃんが泣いていた。どうしたのかと聞くとH先生に折り紙が欲しいと言うと、Nちゃんはつるつるの折り紙をもらったのに、自分はざらざらの紙だったのでNちゃんと同じのがほしいと言ったら叱られたと言う。普段は、色の悪いざらざらの紙があてがわれていた。

「先生、ひいきやないの。Mちゃんにもつるつるあげてよ」と言うと、先生は烈火のごとく怒り、「今からのおやつはあげない」と言った。私は即座に登園仲間全員に声をかけカバンをかけると保育園を抜け出した。

先生たちは追っても来なかった。各家庭にはまだ電話もなかったころ。家に帰るには早すぎると思い、畑の中の草むらで遊んでいるとピンクの小花をびっしり螺旋状につけて咲いている花を数本見つけた。皆で腹這いになり「ねじねじ、きれい！　かわいい！」と、いつまでも摘み取ろうともせず、見つめていた

翌日、何食わぬ顔で登園したのだが、さすがにばつが悪く、鉄棒にぶら下がっていると園長先生が来て、「昨日はびっくりしたわ。H先生を叱っておいたからね」と言って去られた。てっきり叱られると思ったので、子ども心に何という優しい先生だろうと思った。しばらくしてH先生が来て「ひいきして先生が悪かったわ。ごめんね」と照れ臭そうに言われた。子どもに謝るなんて勇気があるなと思った。

梅雨の季節になると、毎年、このねじねじの花を捜していた。ある日、自転車で畦道に目をやると一筋の光が射したように思え、その先に一輪のその花を見つけた。初めての出合いから二十年ぶりだった。

急いで家からシャベルを持ってきて、掘り起こし、早速鉢に植えたのが増え続け、今で

は庭の一部がピンクに染まっている。モジズリとも、ネジバナとも言うことも知った。子どもながらに「ねじねじ」と言っていたのも的を射ていた。

ネジバナを見ていると、おてんばだった保育園時代を思い感慨深い。通園仲間たちは、おやつ抜きで見続けたこの花のこと、覚えているだろうか。

私の仕事

私の本業は家庭を守る主婦であるが、若いころからの趣味が高じて小さな編物工房を持ち二十五年になる。長屋門の半分の一六畳を改造し、テーブル一〇台を置き、昼と夜、週に三日開けている。「各自が作りたい物を編む」を方針としていて、全員が違う作品なので一人で指導するにはこの数が限界である。

私は、この仕事を始めるとき、ある思惑があった。義母は教育熱心な人。当時、台所は私が受け持ち、子どもの宿題、入浴など、小世話は義母が率先して当たってくれていた。幸いに子どもたちも爺ちゃん婆ちゃんが大好きで、元気に育ってくれた。お陰で私は作品作りができ、編物の勉強に通うことができた。

家族の着る物が、私の歩く看板になった。服装にこだわる義父も喜んで着てくれ、娘の小学校の卒業式には、娘が自らデザインしたドレスを編んで着せた。一人ずつ証書を手に保護者の前を歩いていく姿に「編物教室の子よ」と囁きが聞こえた。そして私の黒いシルクのスーツも、手製であった。

私が編物に興味を持ったのは小学生のころからである。昭和三〇年代、編物と言えば、まだ鈎針か棒針が多かった。だが、裏に住む親戚のおばさんは違っていた。いつも新しい機械編みのニットを着ていた。母の名を呼びながら、我が家の孟宗竹の林の中を、ラメ入りの綺麗な色のポンチョ、羽織、レース編みのカーディガンなどをさりげなく着てやって来る。その様子は、「かぐや姫みたい」と、私の目を釘付けにした。母はと言うと、人には美人と言われていたのに洒落気がなく、私は不満だった。

あるときおばさんがニコニコと裏の竹藪から現れ、「はい」と手渡してくれたのが、ピンク、水色、黄色のしまのモヘアのベストだった。今でも覚えている。小学三年の冬、友達を写生する授業で私を描いた友人Kちゃんが金賞をもらい、掲示板に貼られたからである。批評に「温かいモヘアの感じ元気な友達の表情が良い」と書かれていた。私は絵の前を通るたびに立ち止まって見ていたのだった。

高校一年の秋、おばさんが「編物を教えてあげる」と編機とたくさんの毛糸をくれ、私は日曜になると教えてもらいに小躍りで竹藪を駆けたのだった。

さて教室も軌道に乗ったころ、ウェディングドレス、和服などのニットの作品展の写真を里帰りのたびに見せると、「お母さんが生きていたら喜んだよね」と涙ぐんで肩を抱いてくれた。そのおばさんも、もういない。

教室に通ってくる人は、元気な方ばかり。お茶の時間には、旅やグルメ、お洒落や映画、野菜作り、ときには嫁姑のズッコケ話に花が咲き、笑いも絶えない。家族や友人の出会い繋がりを大切にし、脳と指先をせっせと動かす好奇心旺盛な人たちの、ささやかなお手伝いをさせていただいている。これが私の仕事である。

生徒さんの作ったドレス
（自宅での作品展にて）

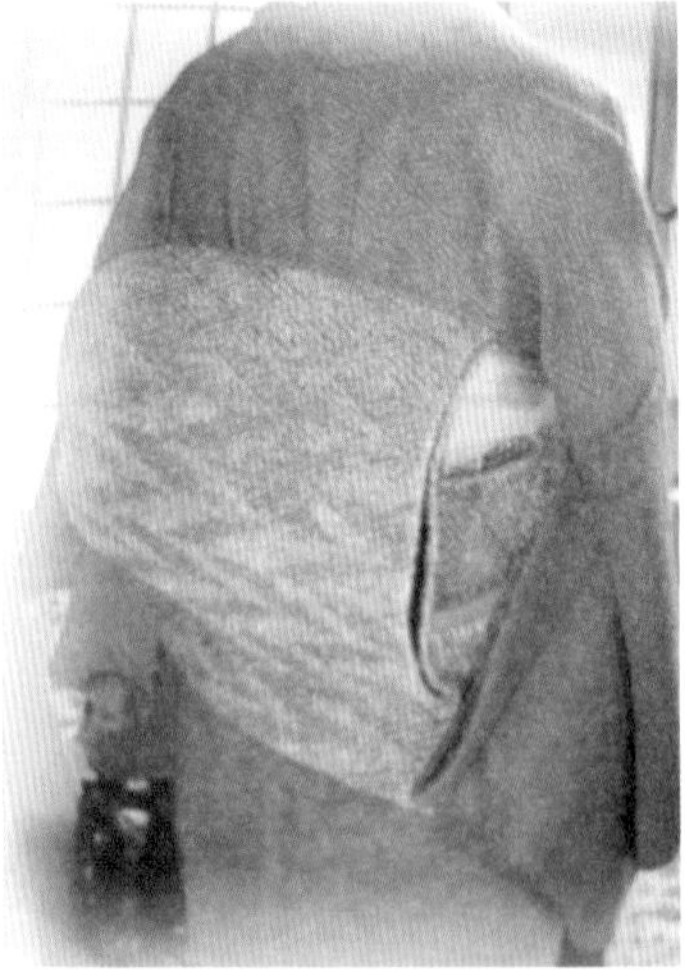
帯も着物もニット作品

かき氷「ロンドン」

豊田の梨農家へ嫁いだ姪から梨の幸水が届いた。梨を手にするとき私の心は一気に故郷の梨畑へとタイムスリップする。

子どものころ、桃、梨、ブドウ、柿、を出荷し、ここに麦、米が加わるので、両親がノンビリしているのをみたことがなく育った。

学校から帰ると、自分の口にする果物は自分で皮をむいたので、何処へ行っても皮の剥き方を誉められた。

梨と言うと必ず思い出すのが、「かき氷」。

子どものころ、夏休みの終わりから二学期の始めに食べごろを迎えたのが長十郎。出荷以外の梨を五つ百円也でビニール袋に入れ、昼過ぎからオート三輪に積み、移動販売についていくのが楽しみだった。出先では「元気な小学生の女の子が梨を売りに来た」と、こぞって買ってもらえた。

そして何よりの楽しみは、帰りに入るかき氷屋さん。店で一番高値のかき氷は、「ロンドン」といった。あんこ、アイスクリームが入り、抹茶、練乳がかけられ当時二五〇円。至福の時間だった。

梨の季節になると、あのロンドンを幸せそうに口にした亡き両親に無性に会いたくなる。

＊中日新聞「くらしの作文」掲載

燕の訪問

今年も長屋門の天井に残る巣の偵察にやってきた燕。

五年前までは三つの巣から毎年巣立っていたのだが、どこかの子が目を離したスキに竹竿で巣のヒナを落としたことや、翌年は一晩の内に何が起こったのか、巣もろともなくなるという出来事があった。

毎年数羽が、それは賑やかな声で偵察に来るのだが、昨年は三日ほどで去ってしまい、危険の痕跡でも残っているのかと、試験に不合格になったような気分になった。

先日も美しいタキシードのカップルが来て、以前より日数をかけて巣を修復すると一羽が巣の中に残り、交代で出入りし、どうやら今年こそ産卵へと落ち着きそうな気配である。

あの小さな巣から卵かヒナを落とさないだろうか、カラスや蛇が来ないだろうか。気掛かりが一つ増えるが「がんばれよ」と、普段口数の少ない夫も見上げて声をかけている。

子ども時代、燕との生活が自然だったことが懐かしく思い出される。

実家の玄関の大戸の一部には大人がかがんで入れる戸口があり、母は夏、朝一番に、幅二間もある引き戸の大戸を開ける。すると開け放しになった家に、待ってましたとばかりに燕が入って来るのだった。日没近くになると、大戸を閉め、戸口は燕のために開けていた。それは賑やかな初夏の風物詩でもあった。

今日も忙しく燕が飛びかっている。中三の孫が「おー、やっと来たな。小学生のとき、叱られてムシャクシャしたんで、タモで巣を落としてからずっと来んでヤバいと思っとった。ああ、やっと落ち着くかなあ」と言い放った。えーっ、犯人はうちの孫だったの？

あの小さな体で遠い異国から我が家を選んでくれ、巣作りから始め、そして家族を増やし、また旅立つ。今年は全ての子燕が元気に巣立ってくれますように。

アメイジングな夏

私の「夏と言えば」の一つに甲子園がある。今年、第九九回を迎えた夏の甲子園の開会式をＮＨＫ入局十五年目のスポーツアナ、野球少年だった息子が務めた。昨年の夏、東京から大阪へ転勤をしたばかりだった。

大会九日目はテレビで広島の広陵高校と熊本の秀岳館の試合中継。秀岳館の鍛治舎巧監督は私の中学の同級生で、つい応援に力が入る。十一日目は大阪桐蔭と仙台育英をラジオ中継。その日は夫の七五歳の誕生日だった。そして準決勝は天理対広陵のテレビ中継。その日はくしくも息子の就職を最も心配しながら亡くなった義父の祥月命日であった。取材を重ね膨大な資料を前にしての中継だろう。息子は爺ちゃんや夫似で、資料の整理はきちんとしているのが目に浮かぶ。

昔、合宿から帰った息子のユニフォームを洗濯しようとバッグをあけた瞬間、あまりにきれいに畳まれ、手帳やノートも、誰にでも読める文字で書いてあり驚かされた。

そんな几帳面な息子も「忙しい」の一言で一年以上も帰省しない。「お母さんの稲沢弁を相手にすると元に戻すのが大変なんだ」と言うが本当だろうか。私も負けずに、「フランスではフランス語、イタリアへ帰ったらイタリア語になるのが普通よ」と、やり返しながら、自分では標準語に近いつもりなのでトホホである。

私の甲子園好きは子どものころ、家族で毎年テレビ観戦をしたのが始まりだ。そのころ岐阜県では甲子園といえば「県岐商」で、友達のお兄ちゃんが出場していたりして皆で応援したものだ。

亡きお爺ちゃんたちに息子の声は聞こえただろうか。出番の連絡もくれない息子。インターネットで調べ「テンションを上げすぎないよう」「解説の方の顔をちゃんと見て」「喉のケアを怠らないように」などラインを送った。心配と喜び半々で世話をやいているが本当は彼の努力に拍手を送りたい。息子のおかげで我が家にとって、今年の夏はアメイジングだった。

兄のカレンダー

今年もカレンダーが残り一枚になった。格別な思いで見る「ＪＡ揖斐川」のカレンダーの一二月は実家の兄の写真が採用されている

三歳上の兄は物静かで文武両道。小学生までは身体が弱く、長男ということもあり大事にされてきた。健康優良児だった私はひがむこともなく育ち、兄とは一度もケンカをしたことがなかった。

成長とともに健康になった兄は、一七五センチくらいだろうか。中学、高校、大学と軟式テニスを続けてきた。

市役所をリタイア後は、稲作と柿農家を継ぐかたわら、写真と陶芸の教室へ通っている。最近俳優の石坂浩二さんによく似ていると言われている。

カメラにも凝り、本格的でたびたび賞ももらっていると親戚や友人から聞くが、本人からは自慢話を聞いたことは一度もない。

一年前のことだ。「もらってくれる？」と言ってお歳暮と一緒にカレンダーを持ってきてくれた。さっそく兄の前で広げると、「一二月の写真はアンタも懐かしい三水川や」と言う。

子どものころ、この川は夏は遊泳場になり、お盆には一分に一つのペースでのんびり上がる納涼花火大会の会場に。兄、弟の三人でウナギを獲るため仕掛けをした川でもある。

昔、試験的に水田に「ホリドール」という強い農薬がまかれ、水田から三水川へ農薬が流れたときの父の苦悩を見たのもこの川の橋の上だった。田へ母を迎えに行って堤防を唱歌を歌いながら帰ったのも昨日のことのように思える。もっと大きな川だったような気がしていたが、こんなに小さかったとは驚きだ。

兄のカレンダーの写真は、忘れていた子どものころを走馬燈のように思い出させてくれた。

今日もあきずに見てしまうカレンダーの兄の写真、「三水川の雪景色」。さあ、この写真を入れる額を探そう。

私の贅沢《ぜいたく》

今月六七歳になった。血圧とコレステロール値を下げる薬を飲み、飲食もかなりセーブしているのに先日の検査では、クレアチニン値が高いことが分かり、腎臓、そして中性脂肪にレッドカードが出た。イエローカードの数も増え、「プール、薄味励行」とドクターの指示が出たが、プールやジムは私の認識ではぜいたく。プールよりも庭仕事、夫の手伝いの畑仕事に充て、それを運動と思いたい。

ぜいたくと言えば、合唱が趣味の私はコンサートのチケット代とプロ歌手M先生の個人レッスン代に少しぜいたくをしている。月平均二万円の出費だ。

子どものころ、一緒に還暦祝いをした祖母の写真を見て、老婆と思ったものだ。いまその歳も過ぎ、好奇心の旺盛さが若くみえる所以《ゆえん》かも知れない。

折に触れ、今は亡き義父母を想う。特に義父は威厳があり最後まで凛とし、親族を大切にし、風流と贅沢を愛する人だった。

義母は正反対の性格で始末屋さんだった。生前、野菜作りから始まり、ラッキョウ漬け、梅干し、切り干し作りで常に体を動かし、それを目の当たりにしていた嫁の私は、こんな大変なこと自分には不可能と思っていた。ところがいつの間にか畑や庭仕事など季節の仕事は私と夫で引き継いでいる。

義母が現役のころの言葉が忘れられない。「食べ物や物のない時代もあったけど、今のこの生活は昔の殿様や姫様より、よっぽど贅沢させてもらってると思うわ。あたりまえに思っとると今にバチがあたるで、ありがたいと思って暮らさないかん」。

『広辞苑』で「贅沢」を引くと「必要以上に金をかけること。分に過ぎたおごり」とある。そうか趣味、生活にはエネルギーが必要なのは確かだが、お金の使い方には過ぎないよう分をわきまえよう。

今の私の生活は、家仕事の喜びと感謝も持ち合わせている。これが私の「贅沢」と言わずしてなんと言おうか。

冷蔵庫

よそのお宅の冷蔵庫の中はどうなっているのだろうか。先日初めて、仲良しのSさん宅の七年使用の冷蔵庫の中がチラッと見えてビックリ。「きれい！」あまりのスッキリさに思わず駆け寄った。私が驚くと、ついでにと二階へ案内をしてくれ、箪笥と押し入れも開けて見せてくれた。ここも何とスッキリ。

我が家の五ドアの大型冷蔵庫は満杯だ。嫁いだ娘が来たとき、たまに冷蔵庫を開け、賞味期限切れの食品を外に放り出し、私とは小さなバトルになる。「ジャムは魚を煮るとき使うし、ドレッシングは酢が入ってるからまだ大丈夫」と再び戻す私。その娘の家の冷蔵庫の中も実は見たことがない。

そんな我が家に先月、スリードアの中型冷蔵庫がやって来た。夫がゴルフ場のクジで一等を当てた景品である。我が家で使用している大型冷蔵庫は買ってから十年を超しているが使い勝手が良く、まだ替えるまでいかない。突然故障して困った経験も過去にあるので、奥の客間のツードア冷蔵庫を処分し、控えとして置くことにした。だがツードアの二倍の高さの一七〇cmと一〇〇kgの重みに耐えるよう、床の補強工事のため大工さんが入り、工事費三万円也。冷蔵庫が宅配便で届き、その送料が一万七千円也。もとあったツードア冷蔵庫の処分費用が六千円也。まだ夫には言わないでおこう。

これを機に現在使用の冷蔵庫の中をスッキリ片付けた。新しい方には畑で作ったスイカを丸ごと冷やしている。そして息子宅やご近所へは冷やしたスイカを切って持っていく。これからは入れっ放しでなく、冷蔵庫内の流通も良くしようと自分に言い聞かせた。冷蔵庫の中を皮切りに食器棚や押し入れなど、多方面への片付けにも拍車がかかりつつある私である。

けっこう幸せ

曾祖母、叔父、叔母もいる大家族の中で私は育った。生家は果樹や稲作が中心の農家だったが、まだ機械化は進んでおらず、常に手伝いや親戚の人が泊まっていた。

中学生のころ、我が家の畑に祖父の甥が工場を建てたので、宿舎ができるまで従業員を数人家に泊めた。戦前、地域の養蚕を一手にまとめていたので、泊まり客の部屋には困らなかった。町会議員の祖父は多額の寄付や地域のいろいろな問題を引き受け、台所は火の車だったと思う。母は農作業、泊り客の食事の世話と働き通しだった。思春期の私は外では愛想良くしていたが母の立場がかわいそうで腹立たしく思え、一人暮らしを夢見て、家を出る策を練っていた。

高校生のとき、風呂焚きをしている母と祖父の前で談判をした。「これからは泊まる人には食費をもらい、風呂は銭湯へ行ってもらって。私は気持ちが悪い」と。母は泣いて祖父に謝ったが、しばらくして私の言ったようになった。

そう、こんなこともあった。宿舎に新婚の夫婦が入っていたとき、よく夜中に、戸口を叩き新婚の奥さんが泣きながら飛び込んできた。普段はおとなしい御主人が酒を飲むと暴力を振るう。秋田美人の奥さんのお腹には赤ちゃんがいた。警察沙汰にもなり、パトカーが来ると祖父が彼女の夫を叱り、その都度奥さんを我が家でしばらく預かった。日ごろの優しさの裏に別の顔を持つ人がいるのかと、私は人間不信に陥った。

私は家から少しでも遠くの学校に進学し、下宿で一人暮らしをする夢をますます強くした。日ごろから母の言う、男の人とお酒に気をつけさえすれば良いと思っていた。

どの曲がり角を間違えたのだろう。私の遠くでの一人暮らしの夢は露と消え、まさかの二〇歳での結婚。そのころ流行った言葉は「家付きカー付きババ抜き」。長男である夫は同居をしなくて良いと言ったが、私は「ババ付き、こじゅうと付き、しかも大ババも」の道を選んだ。

多少の問題など物ともしない術を大家族で身につけたのか、嫁いでからも人間関係は涙あり、笑いありで、どこへ行ってもキリなく複雑なんだと知った。それでも私は今、けっこう幸せなのである。

元号が変わって

庭で夫の父が、母が、祖母がニコニコ笑って私に喋りかけている。「えっ、何?」道路を走る車の音で声が聞こえないと思っていたら目が覚めた。そして胸が熱くなり、無性にあのころがなつかしくなる。

私にとって昭和と平成の時代は家族に恵まれた良き時代だったと改めて思う。注意はいっぱいされたが、私への苦言はなかった。いつも長い目で温かく見守られ、育てられたと思っている。

庭での出来事も思い出深い。印象的な一つに「うの花」を義父が掘り起こしてしまったときのこと。普段は義父にたてつかない義母が怒った。私の実家の母が「庭の隅に植えてください」と持ってきたものだったから。子どものころ母と一緒に唱歌「夏は来ぬ」を歌ったことを思い出す心の花だった。実家からもらったことを知らない義父は鳥が運んだ種で育ったと思いこみ、取り除いたようだった。ほどなく、新しい「うの花」が植えられていた。

　キウイフルーツの棚も私のリクエストで植えてもらえたが、数年後、たわわに実ったキウイはすっぱくて不人気で切り取られ、代わりにサクランボの若木が植えられた。花の時期にはその木の下で、大ばあちゃん、近所に住む弟の子どもたちも一緒にお弁当を食べた。だが毛虫に悩まされ、サクランボのなりが悪いこともあり、結局バッサリ切り倒されたのだった。

　今では私が正月用盆栽教室で手に入れた小さな鉢植えの五葉松が地面に植え替えられ、成長して二メートル以上になった。夫が義父の剪定を引き継いで形作っている。

　元号も変わり「令和」になった。家族も一人ずつ旅立ったように、私も夫もいずれ同じ道を行く。残る人たちの心にぬくもりが残せる余生であれば良いと思っている。

二人の母のユリ

庭のテッポウユリがぐんぐん伸びてきた。

生前、庭を管理していた姑は「このユリは八月一〇日になるとちゃんと咲いてくれる。お盆にはこのユリを供えてね」と言っていた。

ユリと言えば三十年以上も前のこと、実家の母が、かのこユリの球根をくれたので庭の隅に植えた。その翌年母は急逝し、私はユリのことは忘れていた。

ある日のこと。庭の手入れをしていた姑が息せききって私を呼び「ユリが咲いたよ。はよお母ちゃんに会いに行ってりゃあ」と言う。飛んで行きたい気持ちを押さえ、遠慮も手伝い、おもむろに庭に行くと、ピンクのユリが目に飛び込んできて、姑の計らいに心が温かく震えたのだった。あの日の姑も浄土へ旅立ち十七年になる。

今では庭の手入れは私の仕事。ここ数年の温暖化でユリの開花は一週間以上早くなった。

この夏、庭を埋めるユリの本数を数えてみると一五六本あった。今年のお盆前には咲いてしまっているかもしれないが、真っ白のユリを上から見下ろす二人の母を想像するとき、なんとも安らいだ気持ちになる。

＊中日新聞「くらしの作文」掲載

受験の思い出

孫の高校受験が近づいている。この時期になると必ず思い出すのは、友人との恥ずかしい経験。半世紀以上も前、高校入試の日のこと、私と友人Yさんは鉄筋に改築されたばかりの受験校の水洗トイレのドアを壊してしまった。

昼休みも終わり近く、一人廊下で待っているとトイレから彼女の悲痛な私を呼ぶ声がした。「ドアが開かないよう」駆け寄り、思わずドアを引っ張ったのだがびくともしない。試験再開の予鈴が響き渡った。「リリリ……」。

彼女はドアを押し、私も必死で引く。すると「ビーン」。ドアにヒビが入り、金具が飛び出た。なんと、中へ開くドアだった！　仕方ない。そのまま力任せに彼女は押し、私は引っぱった。Yさんは隙間からはい出し、二人は試験会場に滑り込んだのだった。

試験終了後、職員室を捜し、受験校の先生に謝った後、足取り重く中学校の校長室へ赴き、校長先生に事情を話して詫びた。先生は優しい眼差しで「よく話してくれました」と言われた。

幸い私たちは入学でき、毎年試験が近くなると母校では「トイレに行くときは必ず二人以上で行くように」と言われていると聞いた。

孫が無事受験を乗り切ってくれますように。

＊中日新聞「くらしの作文」掲載

ボランティア

娘が中学生のとき、ＰＴＡの役員だった私に依頼があり、以来二十七年間、稲沢市の少年補導委員としてお手伝いをしている。

月に一、二回要請がかかるボランティアである。ときには夕方、カラオケボックス、ゲームセンターを稲沢警察署の少年係の警察官と巡回したり、駅や祭りの会場で非行防止のチラシと共にポケットティッシュを配ったりしている。

つい先日は、非行歴のある少年たちとともに介護施設の車椅子の修理をした。地元企業の豊田合成にボランティア部があり、活動のサポートをさせてもらい数年がたつ。豊田合成が修理道具を持参し、訪問先の施設にもよるが、廊下には三〇～五〇台の故障した車椅子が出してあるので、企業の人たちと少年たちと協力し合い、タイヤのムシを変えたり、ブレーキやパンクを直したり、汚れた箇所は雑巾で磨きあげる。

ときには、稲沢市の施設の厨房で、パン教室の先生にお手伝いいただいて、非行から立ち直った茶髪、ピアスの少年少女とパンやケーキを作る。

忙しさを理由にボランティア活動を断る人の中には「あなたはこういうことが好きなんだから」と言う人もいるが、誰かが引き受けなければという思いなので「好き」と言われるのは心外である。

「情けは人のためならず」。最近思うに、いろいろな人と接していると、学ぶことが多く、目に見えない喜びを感じることがある。子どもにも孫にも、少年犯罪についていろいろな話ができ、自覚を促す役にも立った気がする。これも長い間ボランティアをさせてもらっているお陰である。

あと五年ほどは、お役にたてたらと思っている。

エッセーもニット作品も、いつもひらめきが形になる

あとがき

文章を書くのは好きだけれど、上手く書けない、人前で話す機会はあるのに挨拶に自信がない。何とかならないだろうか。

編物教室をしながらそんなことを考えていた時、東海ラジオから流れる、憧れのエッセイスト内藤洋子さんが栄中日文化センターでエッセーの講師をされていると知り、はやる気持ちで申しこんだものの定員オーバー。半年待ちで入会できたのでした。

こんなスタートを切り、いつしか先生のお人柄に惹かれ十年の歳月が流れました。エッセーのネタ探しと執筆で、日々がこんなに楽しく充実するのかと、月一回の教室が待ち遠しくて仕方ありませんでした。

教室仲間との共著では『まにまに』『グラン・ジュテ』『クー・ラ・クー』を出版させていただき、仲間との出版までの作業は深い絆となりました。そして今回は、先生のお薦めのお陰で長年の夢である拙著『風を編む』を出すことができました。風媒社編集部の皆様、劉永昇編集長、温かく励ましながらご指導下さいました内藤洋子先生に篤く御礼申しあげます。

そして、こっそりといくつものネタにされながらも、「古希と金婚式記念」になるよう出版に理解を示してくれた夫には深く感謝します。

一日も早い新型コロナウイルス感染症の終息を願いつつ。

二〇二一年六月

［著者略歴］
酒井順子（さかい じゅんこ）
1951年5月、岐阜県揖斐郡生まれ。
愛知県稲沢市在住。
日本編物教育連合会の「手編み・機械編み」師範資格取得後、1984年「あみもの工房Sakai」を主宰。
趣味はコーラス、庭の手入れ、夫との温泉旅行。好きな言葉は、ひらめき、信頼、努力。

エッセー集
風を編む

2021年7月14日　第一刷発行

著者　酒井順子

発行所　風媒社
〒460-0011 名古屋市中区大須1-16-29
Tel 052-218-7808
http://www.fubaisha.com/

カバーデザイン　三矢 千穂

印刷・製本　モリモト印刷

978-4-8331-5388-1